我們不懂電影

我們不懂電影

毛 尖

OXFORD
UNIVERSITY PRESS

Oxford University Press is a department of the University of Oxford.
It furthers the University's objective of excellence in research, scholarship,
and education by publishing worldwide. Oxford is a registered trade mark of
Oxford University Press in the UK and in certain other countries

Published in Hong Kong by
Oxford University Press (China) Limited
39th Floor, One Kowloon, 1 Wang Yuen Street, Kowloon Bay, Hong Kong

© Oxford University Press (China) Limited

The moral rights of the author have been asserted

First Edition published in 2012

All rights reserved. No part of this publication may be reproduced, stored in a retrieval system, or transmitted, in any form or by any means, without the prior permission in writing of Oxford University Press (China) Limited, or as expressly permitted by law, by licence, or under terms agreed with the appropriate reprographics rights organization. Enquiries concerning reproduction outside the scope of the above should be sent to the Rights Department, Oxford University Press (China) Limited, at the address above

You must not circulate this work in any other form
and you must impose this same condition on any acquirer

我們不懂電影

毛尖

ISBN: 978–0-19-098755-8

ISBN: 978-0-19-399963-3 (HB)

3 5 7 9 10 8 6 4 2

版權所有，本書任何部份若未經版權持
有人允許，不得用任何方式抄襲或翻印

目　錄

第二輯

第三輯

第四輯

第五輯

自　序

六月，看過《富春山居圖》，看過《不二神探》，看過《小時代》，回家，默默給張藝謀陳凱歌上了一炷香。我錯了，以前老覺得他們玩三無產品搞得一地爛片，現在想想，他們做的至少還叫影片，今天在電影院放映的東西，是什麼？

蒼天在上，我不想感傷，再説，大半個世紀前的《綠野仙蹤》就已經宣告："托托，我想我們再也回不去了。"

回不去了，怎麼辦？美式的方法比較酷，《亂世佳人》裏，克拉克蓋博對費雯麗説："親愛的，坦白説，我一點都不在乎。"我方態度不一樣，《春光乍洩》裏，張國榮對梁朝偉説："黎耀輝，不如我們重新開始。"於是，周星馳拿着月光寶盒一遍遍試圖回到五百年前，雖然這個動作很搞笑，但也感動了喜歡《蘇州河》的文藝青年們，尤其他們喜歡電影開頭一女一男夢一樣的一段對話——

如果有一天我走了，你會像馬達一樣找我嗎？

會。

會一直找嗎？

會。

會一直找到死嗎？

會。

這段對話以女孩的一句真理性“你撒謊”結束，但是，天南地北無數男女還是用“會一直找到死”來作自己的簽名，這是年輕人的愛情態度，我想了想，這種表達，倒也適合我們這種回頭無岸的影迷，用李宗盛的歌來說，它亦是一種“領悟”。

多麼痛的影迷生涯！早些年，找人看電影是給人面子，這些年，找人看電影是人家給你面子。媒體說《超人：鋼鐵之軀》令人眼花繚亂，好不容易閨蜜答應了一起看，媽的每次超人一飛衝天垃圾四濺，她就說你們做影評的相當於專業受虐狂啊。我說是啊是啊，等會電影結束咱倆好好吃一頓，一邊黑暗中給自己念經：置之死地而後生。

到死地了。《富春山居圖》以後，做影評的，不是戰士，是烈士。批評《小時代》的朋友說，他在網上被郭敬明的粉絲罵得已經死無葬身之地。飯桌上，大家安慰他，這樣你看《碼頭風雲》會比較有感覺了。馬龍白蘭度的台詞，就是我們影評人的傳記啊："我本來該是個有地位的人，一個有競爭力的人，我本來也可以有頭有臉，而不是像現在這樣，窩囊廢一個。"

被逼到絕路時，《碼頭風雲》的方法是，喚起同仇敵愾之心。不過，鬥爭條件不一樣了，《撥雲見日》裏的方法也許比較適合當下，面對餐廳裏的歹徒，警官伊斯特伍德冷冷説道：來啊，索性今天讓我爽一下。

這既冷又熱的決心，翻譯成大陸電影的台詞，是，"就把槍炮聲做禮炮！"(《刑場上的婚禮》)翻譯成港片，就是，"我是要告訴大家，我失去的東西我一定要拿回來。"(《英雄本色》)翻譯成台灣電影，大概是，"只要是心裏覺得合適，那麼就是用飛機換一輛自行車，都會是有價值的吧。"(《第36個故事》)反正，不管翻譯成哪一種電影，意思一樣：找回價值。

終於，影評人的飯桌上，雖然大家史無前例地感到沮喪，但是，回顧電影史，説説《英雄兒女》的台詞，"為了勝利，向我開炮！"再説説《地雷戰》的台詞，"不見鬼子不拉弦"，大家倒越來越歡樂起來，奶奶的，在這樣的大時代，為《小時代》憋什麼氣啊！説到底，對電影，既然我們早存了"會一直找到死"的決心，那麼，目前這個階段，就當作一次曲折，也許是，我們真的不懂電影。

這一年，很多電影真的讓我看不懂，所以，一年專欄結集出版的時候，林道群就用其中一篇《我們不懂電影》給此書作了書名。

感謝董橋先生，收在這裏的都是蘋果上的專欄文章。感謝林道群，讓我能和很多我熱愛的作家同在“蘋果樹下”寫作，他們構成了我寫這些文章的動力和壓力。

感謝讀者。

第一輯

生逢亂世

多年以後，上海人準會想起二○一三年的春天：黃浦江上漂滿了豬，雞啊鴨啊沒人敢碰，天上看不到鴿子，路上聽不到鳥叫，三個作家先後死去，大學宿舍發生謀殺，然後，傳來大地震的消息。

吃早飯的時候，突然覺得，所謂的魔幻現實主義其實也是多麼平常的現實，甚至，這些驚心動魄的事情，會在日後，構成我們懷舊的起點，就像今天，我們懷的舊，也是奇奇怪怪五花八門。

就說地震吧，最初的驚恐過去後，網絡上開始聲討紅十字會：一九三七年，日軍進攻上海，紅十字會聯合各團體組成上海市救護委員會，共救出受傷軍民四萬五千人，隨後，紅十字還把大量勞軍物資送到前線。南京淪陷，紅十字總會撤到漢口，又在漢口組織了三千多名專業醫療隊奔赴前線，到抗戰結束，紅十字會救護軍民總數達到兩百六十萬。

用紅十字會的光榮歷史讓現在的紅十字會無地自容，我完全贊同，無數人對紅十字會豎中指，也是紅十字會活該，不過，網絡對老紅十字會的緬懷似乎另有重點，因為最後，我們總能看到點題的句子："當年，紅十字會的副會長是杜月笙。"

今天我們為杜月笙拗出的造型，的確蠻有震驚效果，去微博上看看，有多少人為杜月笙翹大拇指感嘆"民國好時代"，有多少人對現在的紅十字會大叫"滾"，你就能知道，凝聚在紅十字會上的民意雖然一邊倒，但懷舊的內容是多麼淩亂：既要白社會出面清理墨嚓裏黑的紅十字，又要現在的紅十字向當年的黑社會學習。

這是亂世嗎？《被解救的姜戈》在電影院裏放了一分鐘，姜戈還沒露臉，燈光亮了，觀眾被告知，有關方面停映了這部電影，具體原因，大家自己猜去吧。

各種猜測各種抒發。有人發帖說《姜戈》被停，是因為在影片快結束的時候，裸體吊打姜戈的場面終於被有關方面看清楚了，嘖嘖，露鳥嘍。於是，很多人跟帖懷念自己少年時代的衝動瞬間，阿爾巴尼亞的女游擊隊員居然在路邊餵奶，那雪白的雪白的胸脯啊！禁欲的年代才能呼喚出這樣的激情，現在看姜戈暴露點身體算個鳥啊！網友的評論剛出來，後面就有人跟着問，那你到底是支持廣電總局禁還是不禁？

天地良心我想廣電總局也是迷茫的，與其說姜戈被吊打的身體會引發色情，不如說姜戈最後的大開殺戒模糊了奴役主題，禁這還是禁那，這是個問題。

廣電總局至今沒有發出一個聲明，“被解救的姜戈”淪為“被停映的姜戈”，全國人民都在嘲笑這個狼狽的總局，好在時代匆忙，再大的笑話，也不可能在聚光燈下停留五分鐘。畢竟，真正能停映姜戈的，絕不是廣電總局，而是這個亂世。

生逢亂世，廣電總局真是應該慶幸。這個星期，誰還在談論姜戈呢？大家都在罵《新編輯部的故事》，什麼台詞？什麼喜劇？比起王朔馮小剛九十年代編劇的《編輯部的故事》，差一萬個甄嬛啊！

馮小剛聽到了，會高興嗎？不過，想到去年罵《一九四二》的觀眾也是今天懷念他的群眾，他還是應該咧下嘴。

歲月裏的板藍根

禽流感來了，消息傳說滿天飛，因為關係到日常生活，老百姓都緊張。晚上到樓下散步，社區保安就問，板藍根買了伐？對面藥房已經賣光了。

我買了。雖然權威人士出來解釋，板藍根不能亂喝，對禽流感沒用，不過，家裏放點板藍根，也跟家裏養兩盆花對抗霧霾一樣，是安慰奶嘴。十年前SARS時候是板藍根，十年後H7N9還是板藍根，老百姓懂的，板藍根其實沒什麼用。然而，十年了，至少板藍根還在那兒，用網上流傳的"板藍根體"來說，就是，春花秋月何時了，再喝一杯板藍根。清明時節雨紛紛，再喝一杯板藍根。洛陽親友如相問，再喝一杯板藍根。

十年生死兩茫茫，再喝一杯板藍根。飯桌上說到禽流感，一桌人罵罵咧咧說自求多福吧這種流感沒藥的，可有意思的是，大家多多少少備了點板藍根。

世道蒼莽，板藍根到底是什麼？回家路上，進社區的時候，看到路燈下的流浪狗，想起《忠犬八公的故事》，似乎理解了板藍根的意思。

動物題材的電影我不是最熱衷，但忠犬八公的故事例外。日本版本看過兩遍，美國版本也看過。兩個版本除了國情細節有點不一樣，主幹故事一樣：男主人收養了一隻小秋田犬，叫它“阿八”。主人對阿八好，阿八對主人親。天天早晨阿八把主人送到火車站，黃昏把主人從火車站接回家，春去冬來，主人老了點，阿八壯了點，反正，他們在一起，就是幸福的模樣。有一天早晨，阿八送主人走的時候，有點心緒不寧，當天，主人猝死在講台上。葬禮過後，女主人把家賣了，搬去另一個地方，阿八也被帶到一個陌生的家。在陌生的家裏關了幾天後，阿八逃了出來，回到風雨無阻的火車站，它要等主人回來。

車站人來人往，大家都對阿八說，他不會回來了，但是一年又一年，阿八早晨來，黃昏來，它在車站一帶流浪了十年，等了十年，最後老死在那兒。

跟一些驚心動魄的人事相比，阿八的故事算是平淡，唯一的動作就是阿八跑到車站等在車站，但這部電影擊中我們，尤其是，隔了歲月，女主人重返家鄉，看到了還等在火車站的阿八，流浪生活讓它髒了也老了，女主人上去，無限羞愧地抱住阿八。每個在歲月中交付過愛的人，都會在那一刻情不自禁。當生活劈頭蓋臉壓下來的時候，我們本能地躲開了，但是，阿八沒有能力躲，或者說，阿八不躲。

阿八不躲，當然是因為它不辨生死，年年歲歲，它精力旺盛的時候等在火車站，骨瘦如柴的時候，也還是等在火車站。現實主義地看，它等在火車站已經沒有一點意義，就像禽流感要來，板藍根沒有一點作用，但是，阿八無意義的等待卻在時間長河裏，對所有見過它的人，聽過它故事的人產生了意義，為什麼？因為它鏡子一樣地折射了我們內心，它是我們向生活發出許諾時候的自己，是我們說“我愛你”時候的自己，是清晨的我們是最好的我們，但是，黃昏降臨了，沸騰過的愛面臨現實的盤查，“一生一世”在山盟海誓裏是一種激情，在日常生活中就是每一天，每一個具體的一天。於是，以生活的名義，我們從生活中撤離，我們離開故鄉，和過去告別，跟阿八說：我沒有辦法，我得繼續生活。

阿八也繼續生活着，黃昏的時候，它依然專注地看車站裏出來的每一個人，它老了，眼睛看不清了，但是它的耳朵一直警覺地豎着。沒錯，即使看《李爾王》，我也沒有那麼強烈地希望發生“死而復生”的事情，可是看《忠犬八公》的時候，我和阿八一起，用全部身心等待，死去的主人從車站裏走出來，摸摸阿八的頭，然後一起回家。

東京澀谷車站，日本人給阿八塑了雕像，洶湧人潮裏，它是可以忽略不計的存在，但是，當你暗夜行路，心頭涼颼颼時候，看到它，就是一種依靠。

毒　戰

毒是這個星期的關鍵字。

四月十五日，復旦大學官方微博發佈，該校一醫科研究生黃洋因身體不適入院治療，但很快出現昏迷、肝功能衰竭等症狀，專家檢測不出任何病因。隨後，警方介入調查，在該生寢室飲水機殘留水中，檢測出了劇毒化合物成分，並基本認定其室友林某有重大作案嫌疑。

H7N9餘毒未了，爆炸案荼毒波士頓，但是復旦投毒案給上海市民帶來最深刻的震動，因為它發生在上海，發生在上海的最高學府，發生在本來是治病救人的團體中間。

林某和黃某都是非常優秀的醫務學者，而且兩人之前不存在競爭關係或情敵關係，知情人都說，實在看不出林某為什麼要投毒，所以，整個上海都在問：幹這事，得多毒的心！

彷彿是為了回答這個問題，《毒戰》熱映上海。

我是銀河映射的粉絲，在香港影人的北上大潮裏，杜琪峰一邊固守香港，一邊也加強了自己的黑色風格，所以這次銀河涉足內地，對主創和觀眾都算是新鮮經驗。

《毒戰》令人有意外之感。杜琪峰高造型的動作，高飽和的色彩和高反差的燈光在這部電影中幾乎消失，相反，《毒戰》的前提和細節雖然經不起推敲，但是影像呈現相當現實主義。尤其是，古天樂以最毒的心啟動的結尾高潮：為了自己，他仲介了毒販和警察之間的殘酷交戰。

這場槍戰對銀河老觀眾來說，我們期待看到很多血霧；對警匪片老觀眾來說，我們期待聽到雨一樣的槍聲，但是都沒有。街頭是自然光線，沒有銀河的一丁點氣氛，然後殺戮開始，而槍聲也只是間歇性傳出，嘭！警察倒下；嘭！毒販倒下；嘭！嘭！警察，警察；嘭！毒販；嘭。嘭。嘭。警察全部戰死，毒販全部戰死，大聾小聾戰死，最後，古天樂被執行死刑。

無數觀眾無法忍受這樣黑暗的結尾，尤其古天樂這樣黑的主人公，既背棄了江湖傳統的英雄主義，也叛離了黑色電影的反英雄主義，杜琪峰韋家輝說，他們要用這部電影來探討人心到底有多壞。人心到底有多壞，復旦投毒案可以為杜琪峰背書。不過，拋開電影效果和電影政治，這最後的槍戰對於大陸電影而言，我覺得有意義。

長期以來，大陸警匪片一直被各種限制壓得在主旋律中表現屌絲逆襲，裝備沒有敵人好，工具沒有敵人多，但我們一定會笑到最後，看敵人雪崩似的坍塌。五十年代以來的電影語法，我們一用半個世紀，完全不管國際政治和國內語境已經發生巨大逆轉，完全不管如今執法，武漢街頭的年輕城管已經到了只能和商販面對面下跪的地步，所以，杜琪峰以合拍片的名義，對國產警匪片的未來表達勢必起到鬆動的作用，至少，警察不一定非得死得比壞人少。黑色電影的這點現實主義，會成就最有價值的現實意義。

相同的，復旦投毒案之後，如果能因此推動有關方面正視中國教育之毒，正視幾代人的青春期教育中，情感教育幾乎到了寸草不生的地步，那麼，黃洋也算沒有白死。

都是麵粉

週末回寧波，車過嘉興，服務員來賣盒飯，一種肉丸飯，一種牛肉飯，賣到我們這排時，只剩下肉丸飯了。一邊是飢餓，一邊是豬疫，我旁邊的旅客就果斷地選擇了飢餓。我正猶豫，服務員很及時地説了句：“説是肉丸，其實都是麵粉。”

我就買了。服務員看她的推銷有效，更加起勁了，一路為肉丸正名。隔着車廂，我還聽到她在説：都是麵粉，哪有肉！

這是漂流豬的功勞嗎？我們突然得以面對生活中的一些真相，雖然所謂真相也多少有些似是而非，比如這個肉丸，也不可能完全是麵粉，但是，肉丸的真諦就在這裏吧：穿上肉丸的衣服，誰都能成為肉丸，不管你是麵粉，還是奶粉。

這個真諦，似乎也能用來總結這些年我們看的很多影視劇。

比如領袖人物吧，早些年，像于是之、古月演毛澤東，神似形似兩手抓，但現在的毛主席呢？弄個大腦門髮型，下巴點顆痣就出來了。出來也就出來了，還要和楊開慧整情調，玩雪花。雖説領袖也是人，賣萌也可以，但毛主席和周潤發一樣深情款款的樣子，總讓人以為是在看《上海灘》。好在，楊開慧時不時會甜甜地叫一聲"潤之哥哥"，不斷幫助我們重新入戲。

事實上，這些年，這樣的歷史人物常常就要依靠姓氏來提示身份。最近看了霍建起導演的《蕭紅》，霍建起是一個低調的導演，這部電影也不特別嘩眾取寵，但是，蕭紅的一生依然淪為一個低級的情愛糾纏敘事，這個，且不去説它。讓我吃驚的是戲中的魯迅。

在魯迅的書房，蕭紅跟魯迅談起自己的感情生活，魯迅像瓊瑤一樣開導蕭紅，你們倆啊，就像兩隻刺蝟，在一起的時候，就會刺痛對方。而更令人發毛的還不是這段，魯迅給蕭紅寫了《生死場》的序，他提溜着長袍從樓上下來，下面蕭紅和許廣平在包餃子。他説序寫好了，蕭紅説，謝謝，然後魯迅説，"怎麼謝？"説實話，演員的台詞算是克制的，但這句"怎麼謝"在任何意義上都太邪惡了，它是暗示魯迅和蕭紅的關係嗎？我不知道，反正，這句"怎麼謝"，在老電影中，發生在阮玲玉被流氓解了圍，然後流氓問，"怎麼謝？"

因此，我一點都不吃驚，在《情深深雨濛濛》這種偶像劇裏，古巨基會激動地説，“八年抗戰馬上就要開始了！”吃什麼驚呢，這種劇透對我們來説都不新鮮了，讓我感到還有一點新意的倒是《導火線》的台詞，病床上的范冰冰很深情地對古天樂説：“我好想念松花江啊，知道為什麼叫松花江麼？以前我們那裏松樹是開花的。我們那裏的人都很窮，要出去打工，每個打工的人走之前都採摘一些松花帶走，説自己肯定會回來，但是沒有人回來。後來松樹就不開花了，大家為了紀念松花，就叫松花江。”

感覺清新呀！六十多年前的《松花江上》劇組聽到這樣的台詞，一定會感嘆現在的電影人藝高人膽大吧。

楊開慧看見毛澤東叫“哥哥你好高”，胡蘭成看見張愛玲也是這句話，你怎麼可以這麼高！有時候，聽着銀幕上的皇帝在那裏痛心地宣告自己心碎了！心碎了！要辭職！要辭職！我真心覺得黃浦江上的漂流豬，食品架上的有毒奶也不過是時代風氣。

怎麼辦呢，還用瓊瑤阿姨的台詞來鼓舞人生吧，清朝的香妃對戀人蒙丹説，“你為何總皺着眉頭，有時候，我真的很想拿一把熨斗把你的眉頭熨平。”上有天下有地，就讓香妃幫我們把眉頭熨平，讓我們開開心心吃下都是麵粉的肉丸。

幸福！咋不幸福

國慶長假，最大的話題是中央電視台拍攝的一檔走基層調查節目。天南地北，記者背着攝影機拿着話筒到處問：你幸福嗎？

“你幸福嗎？”突然被問到的老百姓回過神，說：“幸福！咋不幸福？”這樣的回答佔了大多數，所以這個節目順利播出，而且冠名“十八大獻禮片”。不過，網上網下，真正給這個節目帶來收視率的是一些另類回答，比如太原清徐縣的一個農民工給出的“神回復”。

面對記者提問，這位務工人員推託說：“我是外地打工的不要問我。”這樣委婉的答覆沒讓記者滿意，他鍥而不捨，繼續追，“你幸福嗎？”中年打工叔上下溜一眼記者，回答：“我姓曾。”

這句“我姓曾”和“多名女性”一樣，成了眼下的關鍵字，央視在後續幾天的幸福調查中，還有路人甲引用了“我姓曾”這樣的回答。而我看了幾期“你幸福嗎”，覺得有必要重溫尚盧治(Jean Rouch)和愛德格莫蘭(Edgar Morin)的《夏日紀事》(1961)了。

《夏日紀事》是半個世紀前作為“真實電影”的一部典範之作，巴黎街頭走着形形色色的人，尚盧治的攝影機對着陌生人，他的問題和央視一樣：“你幸福嗎？”最先接受訪問的是錄音師瑪瑟琳，然後瑪瑟琳去問路人，“你幸福嗎？”有些人走開了，有些人傷感了，有些閃爍其詞，有些興興頭頭。最後，兩位導演把所有的受訪者召集在一起，讓他們一起看拍攝素材，請他們談，“真不真實？”包括瑪瑟琳在內的很多人覺得，這不真實；而另外的人認為，這過於真實。影片從尚盧治和莫蘭關於“真實電影”的思考開始，最終結束在兩人關於“真實”的討論上。

對“真實”的警惕，是《夏日紀事》的一個貢獻，當然，“真實”問題對我們的電視台來說，還是一個比較高遠的目標。但《夏日紀事》提供的一個電影方法，卻是中央電視台攝製組應該學的，那就是，在你訪問普通百姓之前，先把攝影機對準自己，因為，央視的這個“你幸福嗎”調查最受議論的地方就是，受訪者和訪問者之間的權力關係。舉個例子，有一個訪問發生在浙江海寧，人山人海的錢塘觀潮景區，七十三歲的老人在默默撿瓶子。

記者：您收了多少個瓶子了？

老人：我現在是吃着政府啊，吃了政府的低保，六百五十塊一個月，政府好。

記者：您覺得您幸福嗎？

老人：啊？我耳朵不好。

依照攝影機的語法和邏輯，對着這樣一個老人提問“你幸福嗎”，提問者是承擔“挑撥”和“煽動”功能的，在《夏日紀事》中，我們也看到這樣的挑撥和煽動，藉此導演獲取“最富意義的時刻”。而有意思的是，恰恰是在回看這些“最富意義時刻”之際，受訪者毫不留情地向導演指出，這很下流，“有些人把自己的靈魂赤裸裸地剝下來去迎合某些下流觀點”。所以，半個世紀來，導演是否可以“挑撥”和“煽動”，一直是紀錄片的一個大議題。

回到央視的這個假日調查，任何一個中國電視觀眾都明白，記者的這個“你幸福嗎”是絕不敢挑釁也不敢煽動的，那麼，很顯然，這裏就剩下權力關係了。所以，好幾次，我們看到，老百姓對突然的發問並不熱情，但是當記者亮出身份後，有些人的態度轉變了，“幸福！咋不幸福？”

戀人之間，一個說，“我愛你”；另一個回應，“我也愛你，怎麼能不愛你！”羅蘭巴特認為，回應方可能有點狡猾，我不知道這個狡猾是不是也發生在有些人關於幸福的回覆中，但我相信，換個普通人去提問，答案一定不同。

當然，對於普羅，其實我們更希望的是，央視記者能把話筒遞給權貴和富人，問問他們：你幸福嗎？我敢保證，如此這個節目的收視可以媲美《甄嬛傳》。

都是騙子

這兩年，飯桌上大家談得最亢奮的話題是，騙子。基本上，每個人的手機裏都有一兩條騙子短信，每個人的郵箱裏都擱着三四個騙子電郵。

開始的時候大家交流騙子手法，最近與時俱進，我們交流如何忽悠騙子。大寶開車去杭州，路上接到電話，“猜猜我是誰？”大寶的荷爾蒙立馬就飆上了，長途遇騙子，天上掉餡餅啊，“哎呀老三，燒成灰我都聽得出你的聲音！”

“老三”立馬爽了，說自己在南京，做了點對不起老婆的事情，又不能往家裏打電話，讓大寶速匯三萬保釋金。大寶馬上說，哥們一場，我這就到南京去，警局我有人，不過跟我講講你還能跟小姐做啥？你去年動了手術不幾乎太監了嗎？

對方慌亂之下，大寶乘勝追問再加循循善誘，直把“老三”弄得人鬼不分，最後，大寶咳嗽一聲清清嗓子，教育“老三”：出來混，先要學好普通話。對方罵一聲“騙子”，含恨關機。

大寶講完，我們就笑他，這種忽悠法不夠華麗，網上傳我們學校物理系的倆退休老師才厲害，他們在94路公交站看到一小年輕乞討，海報說明錢包丟了，兩天沒吃。老教授就給他買了四饅頭，看着他吃下。小年輕吃好謝過，轉戰67路站頭，重新鋪上紙，"兩天沒吃了"。老教授跟上，又遞上四饅頭……

陳凱歌看到這個"饅頭的故事"，不知什麼感想。大寶就說，現在炒得火熱的"羅伯特麥基編劇培訓營"在中國做那麼大的廣告，搞得有電影夢想的人都應該去"麥基"一下，其實不如從監獄裏提溜出十個大騙子，以夷治夷，又接國情，中國電影水平一定哧溜上揚。

不過，大寶剛說完"哧溜"，又在飯桌上遭到一頓嘲笑，中國電影，還有比中國電影更大的騙子嗎！

電影《致命請柬》最具代表性。這個小成本電影戲外案子比戲內事情好看多多。電影上映前，宣傳海報說"黃渤主演"，可是看完電影，觀眾連黃渤一根毛都沒見着，然後就糾紛了，就官司了。終於，黃渤出來"氣憤地"解釋說，宣傳時候沒介意，主要覺得人家也是看得起你，再說，小成本製作，挺不容易的……

《致命請柬》的出品方我們就不去說它，有意思的是，黃渤的這個解釋以冠冕的方式到處見報，事情也就過去了。後來我把這個事情講給香港的一個朋友聽，他看看我，說，你也太純情了，這種事情多了去。《天堂口》的廣告是什麼，“吳宇森回歸華語電影第一擊！”乖乖，他真擊了嗎？《天堂口》的編劇是吳宇森嗎？導演是吳宇森嗎？還是，吳宇森他演了什麼角色？

一根毛關係都沒有。這種事情，數都數不過來！

醍醐灌頂我突然想通了，奶奶，就算《致命請柬》裏黃渤露個大臉蛋又怎麼樣？《觀音山》說，范冰冰陳柏霖有激情熱吻；《晚秋》說，湯唯與玄彬有激情熱吻；《杜拉拉》說徐靜蕾要激情全裸；《單身男女》說高圓圓和古天樂要激情床戲，奶奶奶奶奶奶的，誰看到激情熱吻激情全裸激情床戲了？

誰看到了！這些年的電影宣傳，不是“廣受好評”，就是“備受讚譽”，再加上“經久的掌聲”，但是我們從電影院出來，爽過嗎？看完《畫皮》不爽看《畫皮2》，看完《風聲》不爽看《聽風者》，我們爽過嗎？《聽風者》搞了幾個小高潮，可無論是梁朝偉刺瞎雙目還是周迅遇害，我們都不爽，很不爽。

所以，常常，我從電影院出來，就會想到那隻傳說中的可憐狼。

從前有一隻可憐的狼，有一天，他實在是餓昏了，就鋌而走險進村去找吃的。他走啊走，找啊找，灰心的時候，正好經過一戶人家的窗子，聽到裏面媽媽對着大哭大鬧的孩子說：“你再哭我就把你丟出去餵狼！”狼於是就等在外面。孩子哭啊哭，餓狼等啊等，可是狼苦苦等了一晚上也沒見她把孩子丟出去，餓死前說了句：都是騙子！

兇手是

和網友討論電視劇中的爛蕃茄橋段，有一大半吐槽說，最恨的是，臨死的人寫下三個半字：兇，手，是，外加一撇。

我馬上想起《射鵰英雄傳》裏的最大冤案。平時乾脆俐落的第四怪，在生命的最後一刻，拼盡力氣不寫兇手“楊康”兩個字，卻寫下四個半字：殺我者乃，加上一橫一豎，隨後吐血而亡。

少年時候看到這裏，哇哇亂叫。不過無數次半句話看下來，看到我黨地下工作者被奸人殺害，另外一地下工作者在他臨終前趕到，我們都知道他會說：叛徒是……然後他聲若游絲，然後他頭一歪，然後活着的人說，老王，我們一定為你報仇。

老王的仇報到現在，國產電視劇的進步也算是有目共睹，不過打開電視，你在各大頻道裏看到的濫俗橋段依然可以拼湊出電視劇的典型人生。

出生的時候，接生婆大叫“用力用力”，然後，“老爺老爺，太太生了”，然後“恭喜老爺，是個少爺”，然後老爺一定格外疼愛這個小兒子。

小兒子長大以後喜歡練武或者崇尚革命，遇到女扮男裝的絕代佳人，五歲孩子都知道她是個女人，但是聰明過人的男主角一直渾然不覺，這樣在洗澡睡覺這種尖峰時刻，常常傳出尖叫。

帥哥美女一起闖蕩天涯，機緣湊巧總能遇到前輩高人，分別時，高人不是把自己的一記絕招相授，就是掏出隨身小手槍，對男主角說，“這把槍跟了我一輩子，我現在把他送給你……”敬完軍禮含淚分別，男主角一定在第二集遇到大難，雖然跌下懸崖不會死，被匪軍俘虜也不會死，但是他和女主角再相逢的時候，兩人一定傷心欲絕，“我以為你已經死了，我不知道你還活着……”

男主角從此不相信愛情了，只勇猛殺敵積極革命。這時候總會有一個善解人意的上司對他說，“有一句話我不知道該說不該說……”隔兩集，男主角發現真愛就在身邊，女二號會說，能在你身邊工作，我就知足了。然後，洞房花燭夜，男主角一定會在夢中叫出女一號的名字，女二號黯然歸黯然，但是愚公移山吧……

反正，電視劇裏最早出場的一對戀人，肯定沒好結果。鏡頭裏的女人在做針線活，一定會有“哎呦”聲。鏡頭裏的男人一個趔趄，總能遇到女人嘴唇。男男女女沒有兄妹關係，就會有人車禍有人失憶，關係和諧的時候，就會有誤會，“我再也不相信你了，不相信你了！”

聽過一萬次“我再不相信”，就是我們看足球的理由了。朋友笑我，連球員都不知道幾個，還看什麼歐洲杯，我告訴他，就是因為不知道，不知道西班牙足球會變得如此沉悶，不知道英格蘭會被意大利踢飛，不知道德國能不能拿下冠軍，不能預測台詞不能預測情節不能預測結果，這樣的劇集，才值得我們哈癡哈癡等到半夜三更。

最後一分鐘營救

《東方早報》上看到，英超最後德比大戰的門票已經從五十英鎊炒到二千鎊，微博上又不停看到很多感嘆號，類似“二十五年來最值得期待的大戰！！！！！！”，我知道五月十三日的比賽不容錯過了。

其實我不明白為什麼是二十五年，甚至，曼城和曼聯兩支隊的球員我都分不清楚，只知道我的師兄羅崗粉的球隊叫曼聯，冬天他帶曼聯的圍巾，夏天他穿曼聯的球衣。我周圍還有很多英超的粉絲，他們都認為英超比世界盃好看，可我只看世界盃，因為世界盃容易懂，一邊還能拿國足發洩。

但五月十三日徹底刷新了我的足球視野，這樣的世紀鏖戰對很多球迷來說不僅平生僅見，甚至，死而無憾了。大戲主人公是曼徹斯特雙雄，但他們不是面對面決戰，佈局有點像《射鵰英雄傳》的桃花島求親，西毒打郭靖，洪七公打歐陽克，但桃花島決戰挑的是黃藥師女婿，曼徹斯特的對決卻是既要決定女婿人選，更要揭曉天下第一。

當然，儘管對陣曼城的昆士柏流浪(Queenspark Ranger)

要捍衛的是生死保級賽，全世界觀眾的心跳都押着曼城和曼聯的比分。曼城和昆士柏流浪比賽進行到九十分鐘時，比分是1：2，當時大家覺得冠軍肯定是曼聯了，本來曼聯的人氣和呼聲就比曼城高，所以，這邊廂曼聯粉絲開始籌謀慶祝，那邊廂曼城粉絲開始絕望退場。可是，且慢，張藝謀、陳凱歌，好萊塢的熱心學徒請看過來，曼城會告訴你，什麼叫格里菲斯(Griffith)的"最後一分鐘營救"。

傷停補時五分鐘。第二分鐘，迪斯高進球，為曼城把比分扳成2：2。與此同時，紅魔曼聯已經拿下新特蘭，冠軍位置依然穩固。

剩下六十秒。一百多年影視史，左邊看過來，右邊看過去，除了《24》的結尾出現過這樣驚悚的一分鐘，我還真想不起有什麼大戲出現過這樣的一秒殺青：阿根廷人阿古路挺身而出，殺入禁區，踢出進入歷史的一粒球。

這是上帝的劇本，一九五四年的伯恩之役，西德打下匈牙利，事件改編成電影叫《伯恩奇跡》，事隔半個多世紀，曼徹斯特的這場打吡(Derby)幾乎有點像神跡，因為據説很多年來，曼聯一直就是曼城的夢魘。不過，儘管見證了神跡，還是有觀眾大聲問：曼城這算屌絲逆轉高帥富嗎？

曼城算不算屌絲我不知道，不過，屌絲遍地的網絡世界，曼城的逆勝怎麼卻讓很多人，包括我，有那麼點傷感？難道我們不期待自己有一天也能高帥富？難道我們都是足球保守主義者？電視一遍遍在回味曼城的狂歡，屈居亞軍的曼聯隊員接受採訪雖然還是霸氣十足，“要趕上我們，曼城還要一百年”，但是，看到費格遜這個強大的蘇格蘭老頭在失敗一刻的表情，我還是感到，對於我們這種缺乏前情提要的屌絲觀眾，無論是最近的政治大片，還是眼前的軍事大戲，都讓我們有點點害怕這樣的大逆轉了。說到底，會出現“最後一分鐘營救”，就不能叫現世安穩。

輪到上流社會出場

要問中央電視台還有良心嗎？很多年輕人會說出：崔永元。

從一九九六年的《實話實說》，到後來的《小崔說事》到更後來的《電影傳奇》，崔永元的主持的欄目雖然在收視上越來越不如意，但他所堅持的欄目品格，始終不曾敗壞。低端節目風起雲湧，小崔站在第一線說，我不！而且，為了示範什麼叫高雅，小崔拿出《謝天謝地你來啦》。

《謝天謝地》從上週正式開播，在後“限娛令”時代，獲得諸方肯定。這個節目形態其實是購買的海外版權，原型已經在十多個國家被克隆，以“高智商”馳名。小崔每期邀請四五位明星，比如，第一期中，演員黃渤、王志飛、馮雷和王迅來到節目現場，他們在什麼都不知情的情況下，被小崔送入一個特定的主題場景，扮演一個臨時拿到的角色。所以，這個節目的噱頭和看點就是：沒有劇本沒有台詞，全看演員即興發揮。

關於這個節目，小崔的承諾是：“讓觀眾笑得高雅，如果節目有低俗傾向，觀眾盡可以開炮。”目前為止呢，無論是紙媒還是網絡，真是沒聽到一點炮聲，觀眾的讚揚也貨真價實，小崔為明星們設置的角色，土豆村長也好，毛腳女婿也好，都絕無低俗傾向。不過，我看了兩期，笑不出來。

比如在最受好評的黃渤折子戲中，黃渤扮演一個真實身份為地下黨的江湖郎中前往敵營，接頭暗號為“白日依山盡”，只要對方說出“黃河入海流”，就算找到戰友，完成任務。黃渤出場，來到匪軍地盤，一說上句，三個匪軍都對出了下句，觀眾台下笑，黃渤台上笑，如此五分鐘。黃渤秀了下信口開河的能力，觀眾呢，與其說欣賞了明星的才藝，不如說看到了《三槍》的生產。不過，曝光爛片，不是小崔的主旨，《謝天謝地》的全部抱負就是，讓高雅文化征服觀眾。

可是皇天后土，所有這些即興的台詞，無非一個原則，即把球踢給對方；踢不過去的時候，秀點歌舞，拋個眼風。《謝天謝地》結束，我換台看個相親節目，看到女嘉賓嬌滴滴自我介紹，“我業餘喜歡讀點有品味的書，像杜甫啊村上春樹啊安意如啊”，台內台外一片歡樂，美麗女嘉賓跟着大大方方笑，那一刻，我突然明白，小崔錯了。

低俗，它絕對不是高雅的反義詞，它是高雅的比較級，類似2B青年是文藝青年的進化級。說到底，小崔的所有明星選手都不及衛視上的那些本色嘉賓，大媽一上台，直接揭露大叔姦情，關鍵時刻，大叔撥出一個手機號碼，大媽姘頭現身，這樣的人生現場才叫沒劇本沒台詞，雖然低是低俗了點。可惜，小崔返回高雅返回文藝腔，節目不接地氣是其次，中央電視台的場地，NBA球員當乒乓選手用，怎麼看怎麼沒譜。又要觀眾笑，又要觀眾高雅地笑，現場有十個侯寶林和十個趙本山嗎？而且，即便是侯寶林先生，也還需要幾十年錘煉的劇本。

不過，話說回來，小崔的高雅路線倒也不是全無可能，我的想法是，小崔真要在新時代開出新天地，《謝天謝地》一定要和《實話實說》相結合。比如，找個真正人頭馬，突然把他放入警察局，宮廷戲加白領劇，無間道加諜戰，那麼，浪漫主義有了，批判現實主義有了，題材高帥富，觀眾一定笑。

綜藝節目裏，老百姓當了三十年主人公，現在該輪到上流社會出場娛樂娛樂我們了。

八九年的老女人和切糕

二〇一二年，最紅的歌是《江南Style》，最紅的問題是，“你幸福嗎？”最紅的身份是“屌絲”和“高帥富”，最紅的語氣詞是“尼瑪”，不過，所有這些紅詞紅人，在二〇一二年底，遇到“切糕”，都弱爆了。

“切糕”一夜成為網絡熱詞冠軍，引子是“岳陽公安警事”官博發佈的一則“警情快報”：村民淩某在購買新疆人核桃糕時，因語言溝通不暢造成誤會，雙方口角導致肢體衝突引發群體毆打事件。事件造成二人輕傷，損壞核桃糕16萬。“天價切糕”在接着幾天的網絡熱議中，很快成為民族政策和地域歧視的酵母，有人罵城管欺軟怕硬，有人叫囂切糕黨滾，反正，切糕很快擺脱了自己的食品身份，成為當下最大的政治喻體。

切糕引爆的政治議題是十八大以後新一代領導人要考慮的問題，讓我感興趣的是，政治化以後的切糕很快再度跨界，“江南Style”變身“切糕Style”不算，“高帥富”也變成了“糕帥富”，而且，在新一輪的全民造句運動中，“切糕”的外延比之前所有的網絡熱詞都顯示出更大的彈性。

從“人固有一死，或輕於鴻毛，或重於切糕”開始，到“你永遠不懂什麼是上流社會！如果你一定要說自己是上流社會，那我問問你：你吃得起切糕嗎”，天南地北的切糕體終於使“切糕”發生了質的飛躍，它成了新時代的度量衡，比如，在討論房價的時候，網友說，我們這一套海景房約值2切糕；討論國債時，網友說美國可以用切糕和我們結算。而就在此刻，網絡一邊直播莫言領取諾貝爾文學獎，一邊有網民幫他計算這筆獎金能換幾切糕。

能換多少切糕呢？其實網民並不真正關心莫言的這筆獎金，問題的核心是，我們正被切糕這樣的度量衡壓垮。這個，其實已經被這些年所有的流行語表徵了。一個十三歲的孩子在豆瓣發帖，其中有一句話引發了九〇後八〇後的集體吐槽，這句話是：很累，感覺不會再愛了。

“很累，感覺不會再愛了”成了很多人的網絡簽名，與之呼應的另一些網絡口頭禪是，“我再也不相信愛情了”“隨時受不了”。什麼叫隨時受不了，有人舉過一個很好的例子，說是在人民大學西門聽到的。一對情侶吵架，女的對男的叫：“你走！你走！去找你那個八九年的老女人吧！”

“八九年的老女人”和“切糕”，差不多是一個格式吧。所以，午夜夢回，想到自己雖然一切糕都吃不起，但好歹把自己嫁掉了，我幾乎要笑出聲來。至於說如何抵抗那永遠在前方的世界末日，我覺得我們都可以從下面的這個段子中汲取智慧：小孩對爸爸說，爸爸我累了走不動。爸爸說，我們一起數到三，數到三爸爸就抱你。小孩開心地答應了。然後，爸爸喊着“一二一，一二一，一二一一二一”一路把孩子帶回了家。

一二一，一二一。世界不老，我們也還年輕。

給姐燒個哥

當了幾年大齡文藝女青年，在我終於成功地把自己嫁掉後，我父母都鬆了口氣，而外婆握着我的手，眼淚都要掉下來。我知道，她覺得我交了狗屎運，三十歲女的，在她的老家，只能出家了。

但是，文藝女青年才不這樣想。伊莉莎白能嫁給達西，不就因為她文藝？簡愛能讓羅切斯特着迷，不就因為她文藝？文藝難道不是王道嗎？王道個屁。伊莉莎白嫁給達西的時候，才幾歲？而且，她很漂亮，達西在見她第二面之後就發現，"她那烏黑的眼睛美麗非凡"！所謂文藝，如果沒有年輕或美貌作先遣，會是什麼結局？這個，其實不用我們瞄來瞄去找例子，全世界文藝女青年的最愛簡奧斯丁嫁了嗎？全中國文藝女青年的偶像張愛玲幸福嗎？

文藝不會帶來幸福，《大齡文藝女青年之歌》唱得很好：大齡文藝女青年／該嫁一個什麼樣的人呢／他們說你該找個有錢的／讓他贊助你搞創作／可是大款都不喜歡她／他們只想娶會做飯的／不會做飯的女青年／只能去當第三者／不會做飯的文藝女青年／只能被他們潛規則／奶奶奶奶奶奶的……

潛規則，嘿嘿，潛規則也輪不到文藝青年了，電影電視裏看看，被潛規則的文藝青年，都有糖葫蘆的身材，所以，活到今天，我聽到最悲憤的遺囑是大齡文藝女青年立的："哪天我死了，給姐燒個哥！"

天上白雲飄地上鴨子遊，文藝女青年就是沒救在這種地方啊，死了燒個哥，你還看得見嗎？死了燒個哥，你還摸得着嗎？死了燒個哥，你還用得了嗎？作為一個過去時態的資深文藝女青年，我的建議就是，放棄意淫，面對現實。這方面，最新英劇《黑鏡》(*Black Mirror*)可以用來當輔助教材。比如，《黑鏡》第一季第一集講英國公主被綁架，綁匪的放人要求是，英國首相在下午四點和一頭豬做愛，並且全球直播。

現代觀眾看到這裏，都是熱血沸騰的，想着接下來會出動最高級反恐科技和武裝。但是《黑鏡》沒有。最後，在全球看客面前英國首相和一頭豬做愛。

《黑鏡》的當代諷喻極為犀利，尤其是對媒體和網絡，民眾和民意的批評非常尖銳。第一集中，綁架案剛發生的時候，民眾普遍不願意自己的一國之相和一頭豬做愛，可是，隨着各種媒體網絡的介入，最後，多數英國民眾希望首相犧牲自己。

這個，就是我們眼下的世界，就是文藝女青年面前的世界。說白了，開始的時候，大家都有文藝腔，矮油，和豬做愛，怎麼可以？一小時兩小時，慢慢的，和豬做愛的支持率上去了，尤其是，恐怖分子送來公主的一截手指，大家開始議論和豬做愛的技術問題，到後來，首相就範，看客問，這是母豬吧？

首相可以和母豬做愛的世界，文藝青年直面慘烈的人生，變回普通青年吧！奶奶奶奶奶奶的，不要再被“前世的五百次回眸，才換得今生的一次擦肩”這種鬼話蒙了心；悲憤的文藝女青年，也不要再祈求死後燒個哥，把生活的意志全部貫徹到今天，既然想燒個哥，那現在就去把這個哥點燃。這種事情，勞駕閨蜜不靠譜，親自動手燒個哥，所謂自己動手，豐衣足食。而一旦拋棄了文藝腔，你就不會再有時間對着鏡子問，天呀，我是不是老了？奶奶奶奶的，是人總要老。

不過不過呢，話說到這兒，我還是忍不住要向鐵血文藝青年致敬，說到底，如果沒有文藝青年，這世界還有啥意思？沒有小蜈蚣吵着鬧着要買一百隻 Converse 穿，世界經濟靠誰來推動？沒有醜小鴨哭着喊着要加入天鵝的行列，這個世界還會有故事？

低級和趣味

去碟店找一部老片，老闆娘看我們尋尋覓覓，丟過來一張《紅高粱》，問，“啊是？”然後追加一句：就格兩天，賣忒幾十張！

我看老闆娘有點得意，就跟她掉書袋：咋不搞個莫言電影集，一道賣《幸福時光》啊《暖》啊？我心想老闆娘即使知道張藝謀的《幸福時光》也跟莫言有一腿，一定不知道《暖》也是莫言小說改編。沒想到老闆娘看看我，指了指收銀機邊上的一個小廣告：莫言電影全集明天到貨！

我無語了。老闆娘於是更加得意，評論說，不過總歸是《紅高粱》最好賣！轉身，她跟另一個顧客推薦：割頭皮！嚇死人！

顧客拿下《紅高粱》，問，那有《檀香刑》嗎？我正要笑，老闆娘很熟練地丟給他一張《滿清十大酷刑》，一邊說：這個比《檀香刑》厲害，快賣光了。我看老闆娘的手勢和腔調，知道《滿清十大酷刑》這幾天也暢銷着。

靠着莫言得獎，逐日蕭條的碟片店有了點生機，連老闆娘的髮型都變了，一時間，我對文學的理解都跟着變了。《檀香刑》被嫁接到《滿清十大酷刑》，雖然有點像冷笑話，但是，在草根的人生裏，當我們談論莫言的時候，怎麼會去談他的句子他的語法他的主義呢？我們談的，一定是具體的豐乳，具體的肥臀；換句話說，在生活的邏輯趣味裏，《檀香刑》就是靠《滿清十大酷刑》去啟動的。

說到這個，倒讓我想起麥克尤恩(Ian McEwan)的最新小說《追日》了。

《追日》的主人公別爾德也是個諾貝爾獎得主，在他身心都逐漸變得老邁的時刻，漂亮的第五任太太給他戴上了不止一頂綠帽子。然後，小說出現了上海小報式的一個場面，別爾德意外地和自己的學生情敵相逢，而後者卻因為一次純物理的失足丟了性命。故事至此急轉直下，用譯者黃昱寧的話說，別爾德本來大勢已去的人生棋局卻因此被盤活。當然，小說最後，我們會知道，出來混總是要還的，不過，終點已經不重要。對於麥克尤恩的讀者來說，那個"麥克尤恩式瞬間"才是小說的神經，或者，就事論事地說，讓諾貝爾獎得主別爾德重新精神起來的，就是那麼一樁低級兇案。

相似的，讀《追日》，讓我最精神勃勃對麥克尤恩的小說能力最佩服的地方，不是他突破自己的那套科普語彙，而是描述別爾德在南極的一次撒尿經歷。

在世界上最冷的地方，別爾德實在憋不住，小了個便。可是，在他完事之後，他發現他的陰莖碰到了摩托雪橇服的拉鍊，從頭到尾都凍得硬邦邦了。然後，費盡功夫終於回到摩托雪橇上，他跨上去的刹那，感覺到腹股溝那裏傳來一種可怕的撕裂般的劇痛，“猶如一次分崩離析，猶如一次分娩，猶如一次冰河開裂。”

別爾德是否至此告別了他的雞雞，不劇透了，反正，不管男性女性，讀者看完那一大段細緻貼身的描寫，保管都有身體反應。舉這麼個例子，對於已經跨入經典行列作為莎士比亞簡奧斯丁後代的麥克尤恩來説，可能顯得有點低級趣味，不過，麥克尤恩作為“國民作家”，他的彈性應該就在這裏了，所謂，最低級即最高級。

事實上，也是在這個意義上，對於“莫言”被酒商房地產商徵用為廣告，我覺得，咱們的媒體也用不着煞有介事呼天搶地，説到底，諾貝爾也借着莫言做了個超級大廣告。

合不攏嘴和合不攏腿

大地震之後，“張藝謀超生”成了全國人民的熱點話題。去百度搜索，張藝謀名字後面就跟出“七子”，這兩天網絡還在不斷爆料，今天看到已經有人聲稱，實際是九個。

七個還是九個，其實老百姓已懶得累計，微博上的段子比較説明此事的社會影響。説是記者採訪張導，你究竟有幾個情人？答：金陵十三釵。問：都在哪裏？答：十面埋伏。問：你最怕什麼？答：秋菊打官司。問：找你逼婚怎麼辦？答：有話好好説。問：怎麼讓她們相安無事？答：滿城盡帶黃金甲。問：為什麼生那麼多？答：一個都不能少。問：你如何看待自己的行為？答：英雄。

我不知道張藝謀是否已經拿了洋護照，或者説他的一串葫蘆娃跟我們的屬性已經不一樣，但是，從他去年還坐在人民大會堂開會的事實，我想，我泱泱大國要查一下他的戶口，實在不應該是什麼難事，這又不是朱令案，事情過去二十年，作案現場已經不存在，張國師這幾天不提溜着導筒吆喝鞏俐和陳道明拍《陸犯焉識》嗎？

但是，無錫計生委卻表示，他們正在對此事進行瞭解，還談不上調查，跟着又表明，因為張藝謀一家老少長期不在無錫，調查難度相當大。嘿嘿，跨省追捕記者的時候，連夜捉拿孕婦的時候，怎麼從來沒見有關部門提難度，核查一個太陽底下有門牌號碼的人，咋難度係數10.0了？

當然，我們都懂的，每個電視台都有一個類似央視的“社會與法”頻道，這麼多年，在各種“拍案驚奇”中，我們看過無數草民走上不歸路的可恥歷程，攝影機對着他們拍拍拍，對着他們的老婆孩子拍拍拍，但有沒有人可以告訴我，這些年，有張藝謀級別的官人被這樣拍拍拍的嗎？這些年，落馬的大官人何其多，我們見過他們的老婆孩子嗎？

網上有人替張藝謀惋惜：跟張偉平分手的代價太大了！而整件事情讓我最感刺目的是，張藝謀至今沒有站出來回應任何說法，四個老婆七個孩子，他在社會主義社會過着封建主義的生活，既不解釋也不認罰，高傲得跟上帝一般。而我們升斗小民，即便只攤上一條女性內褲，日子也過不下去了。

事情是我在《天涯》雜誌上看來的，該刊轉載了一些時令微博，其中一條微博是個失物招領廣告，全文如下：

“本人住怡康家園百合居二十樓，不知道二十樓以上哪家鄰居的一條女性內褲，被風吹到我家，現已引起家庭誤會，望失主還我清白，本人在此感激不盡！”後面留了他老婆的手機號碼。這是我們老百姓，沒有一點英雄氣概的老百姓，張藝謀看到了，一定會冷笑，窩囊！

然而，恰是窩窩囊囊的升斗小民構成了我們的社會與法吧，沒出息也的確沒出息，一個女人還搞不定。但今天的問題是，看到美人，老百姓合不攏嘴，張藝謀合不攏腿，但有關部門，只能管我們合不攏嘴的。

不虛此生

最近半個月，“舌尖”是互聯網上最紅的詞，出自中央電視台製作的一部七集紀錄片《舌尖上的中國》。這個紀錄片口碑之好，超過了以往任何一部紀錄片，任何一部連續劇。全民熱愛的《潛伏》，豆瓣評分是“9”，《舌尖》達到“9.4”。

似乎，“中國人愛吃”不足以解釋這部關於吃的紀錄片的風靡，再說，各大電視台關於美食的節目從來沒有斷檔，《舌尖》天南地北收穫人心，憑的什麼？

紀錄片分七個主題，從食材、主食、調料到加工，從自然饋贈到人的想像，從生活的限制到突破，片子結構不新奇，讓我們戀戀熒幕的是，紀錄片的鏡頭既富饒又清貧。這個富饒是我們少年時代看農教片時，對生活湧起的全部渴望；這個清貧也是我們少年時候看電影時候，看到的沒有被攝像機污染過的人民和笑臉。所以，對於無論是在地理上離鄉背井的人群，還是在心理上永別童年的人們，《舌尖》以最質樸最具體的鄉愁打動了所有人。網上的造句運動一向具有大話戲謔性質，但是以“舌尖”起頭的造句，卻顯示了史無前例的抒情質地。比如，“舌尖上的母校”雖然是很多大學生吐槽大食堂的地盤，但是，歲月黃金，“六塊錢一杯的奶茶，七塊錢一份的泡麵，十五塊錢一碗的羊肉燴麵，十八塊錢一斤的餃子”讓中國人民大學畢業的學生覺得最美好的歲月過去了。

如此，彭浩翔在微博上調戲說，可以拍一部《舌尖上的生化中國》，講講地溝油什麼的，馬上遭遇了網友的口水。彭浩翔拍賤人很有想法，但他的這番調戲也真夠賤，說到底，二十世紀以降，中國人直面殘酷現實的勇氣一路飆升，可是面對良辰美景，豐收季節，說屎說尿是變態還是不成熟呢？

當然，《舌尖》也不是不容質疑，片子的粗糙在一個專業電影人看來，可能技術和內容都有待修正，但男女老少對《舌尖》的守護，強烈地傳達出一個資訊：讓我們感到幸福的影視太少。比如，對於我來說，《舌尖》就是新世紀以來唯一讓我產生了巨大幸福感的國產紀錄片。

國產紀錄片催淚的不少，讓人感覺幸福的不多，但《舌尖》憑着無限江山無限美食讓每一個中國觀眾在口水漣漣中驕傲不已。網上高手順手調侃別國菜系的段子雖然政治極不正確，卻很有幽默感，比如製作“舌尖上的高麗”，只能編排如下。

第一集：大蘿蔔——自然的饋贈。第二集：大蘿蔔——主食的故事。第三集：醃蘿蔔——轉化的靈感。第四集：古代高麗的泡菜——時間的味道。第五集：怎樣醃製大蘿蔔——廚房的秘密。第六集：各種味道、鹹度的醃蘿蔔。第七集：我們的蘿蔔地。

沈從文在給張兆和的信裏說，“我一輩子走過許多地方的路，行過許多地方的橋，看過許多次數的雲，喝過許多種類的酒，卻只愛過一個正當最好年齡的人。”對於千瘡百孔的二十一世紀觀眾來說，《舌尖》用那許多地方的路、許多地方的橋、許多次數的雲和許多種類的酒對我們進行了亂世的情感包紮，所以，即使你沒有愛過一個正當最好年齡的人，作為舌尖上的中國人，你也可以不虛此生。

外婆的芋餃

媽喜歡看美食節目，星期天晚餐她就催我們快點吃，吃好可以看頂級廚師，雖然這個節目要到晚上九點多才開播，可她記掛着那幾個火熱ＰＫ中的選手，心有戚戚焉。也因此，這檔節目的三個評委，曹可凡、李宗盛和劉一帆，她最不喜歡劉一帆，覺得他舌頭太毒。

那些選手多不容易啊，光是劈火腿，光是洗羊腰，就讓媽很同情了，所以，選手們做出來的菜，雖然我看着常常食欲不高，但我媽都給他們打高分，完全“腦殘粉”的狀態。唯一一次，她批評了三個選手。

那是節目的“壓力測試”環節，三個選手ＰＫ“三色小籠包”。四十五分鐘過去，一男兩女三選手呈上三盤小籠，第一盤，小籠都有沒合攏的；第二盤都合攏了，但小籠褶子不漂亮；第三盤的小籠，一個個瘦瘦弱弱，沒精神。

媽嘆了口氣，想不明白這些能做滿漢全席做法式大餐的選手，怎麼就做不好一籠小包子！我爸就趁機批評了我媽的美食修正主義，廚師廚師，能做好青菜做好餃子，就是頂級廚師。是啊是啊，我跟着符合，在我心中，外婆就是頂級廚師，外婆的芋餃就是廚房絕唱。

說到芋餃，連我爸都黯然了。

外婆出身貧農，爸爸出身地主，一輩子，丈母娘和女婿在美學上就沒調和過。外婆最煩爸爸的是，一天到晚讓她洗手，洗煩了，外婆就會說，那你別吃我做的飯。爸爸有時抽風，就真的去外面買餛飩吃，外婆一生氣，就動手做芋餃。

芋餃，誰擋得住外婆的芋餃呢？那可是他們新昌媳婦的獨門秘笈，聽說從清朝乾隆年間就有了。常常，外婆一邊搗小芋艿，一邊開講野史，新昌老家啊，出過一個大舉人，可是，這舉人進京沒多久，就回鄉了，因為想吃芋餃啊！這個故事講好，外婆就開始把番薯粉和芋泥活起來，然後呢，她的故事也更高級了，這回說的是乾隆爺了，乾隆爺下江南，大家都知道他吃肉丁蓮子酒燉鴨、春筍鹽炒雞、螺螄盒，哪裏知道，他還吃過我們新昌芋餃！

外婆一邊渲染乾隆爺吃芋嬌心魂蕩漾的場景，一邊開始包小芋餃了。大拇指大小的芋餃，塞足了肉餡，站在砧板上，個個精神抖擻，我們四個孩子站在旁邊，數啊數，數到一百個的時候，外婆要講外公的故事了。外公，在外婆的心中，那是比乾隆爺還高級的。但是，我們不想聽外公的故事了，我們催着外婆，可以下第一鍋了！

這個時候，爸爸也熬不住過來給外婆扇扇子了，丈母娘看一眼女婿，想再諷刺他兩句，話到嘴邊變成了：“不用扇我，去扇煤爐。”我們也跟着拿起扇子去扇煤爐，直把火苗扇得一尺高，直把小芋餃扇到透明。

灑上葱花，一人三十個，吃到一半，表妹哭了，她說剛才一個芋餃直接滑下喉嚨的，不能算。外婆就給她補一個。我們於是也跟着說，剛才我也滑下去一個……

這個，三十年前的往事了。

芋餃呢，其實媽媽也會做，姐姐也會做，但是，媽媽做芋餃的時候不會講故事，姐姐還用上了攪拌機，後來在超市，我們還發現過速凍芋餃，可我拿起又放下了。因為在我心中，芋餃的工序，包含了外婆的故事，包含了我們的期待，包含了那被扇得一尺高的火苗。

第二輯

王家衛的杯子

《旺角卡門》裏，張曼玉告訴劉德華："廚房裏有煮好的飯，另外我還買了幾個杯子，我知道，用不了多久就都會被打破，所以我偷偷藏起了一個，到有一天你需要那個杯子的時候，就打一個電話給我，我會告訴你放在什麼地方。"

年輕的時候，聽到這樣的台詞，很容易喜歡上王家衛，因為在雞飛狗跳的青春期，這種"杯子"幾乎就是一劑藥，令人幻覺自己魂不守舍的那一部分可以在"偷偷藏起的杯子"裏被安放。

"偷偷藏起一個"，在我看來，後來就發展成王家衛的電影風格。《花樣年華》裏，梁朝偉和張曼玉之間愛意洶洶，但是他們之間到底發生了什麼，我們不清楚。同樣的方式，王家衛藏起"東邪"和"西毒"的前世，藏起阿飛們天使們的未來。他藏啊藏，藏啊藏，終於藏上了癮。

《旺角卡門》是王家衛的第一部作品，電影最後，劉德華說："我找到那隻杯子了。"那是一九八八年。之後歲月，王家衛藏起的東西越來越多，不過，那些杯子即使劇中人找不到，觀眾倒能根據蛛絲馬跡找到點什麼，搞得二十世紀收官的時候，王家衛在兩岸三地培養出了一大批特別能解讀男女感情的觀眾，熱烈的粉絲在王家衛設置的空白裏顛來倒去，紛紛把自己心事倒入莫須有杯子。

如此二十五年，我們迎來《一代宗師》。

《一代宗師》格外華麗地開篇，共和小樓金縷衣，紅塵女子英雄地，前半部分真是好看，尤其梁朝偉一道道武關闖過，去和宮羽田巔峰會面的場景，迅速建立了我對王家衛的信心，誰說藝術片導演不能拍武林，王家衛鏡頭裏的功夫不僅漂亮，而且地道！可惜，好景不長，王家衛舊癮復發，他很快又玩起藏杯子手法。不，這回他不僅藏杯子，而且藏頭藏尾藏起一半的劇情，藏到最後，索性毀屍滅跡把最纖細的線索也打掃了。

天蒼蒼野茫茫，到底張震是怎麼回事？他殺人為哪般，開理髮店為哪般？和章子怡啥關係？就幾分鐘的鏡頭也算一代宗師？趙本山又是怎麼回事？那鍋三十年的蛇羹什麼意思？成就過以前電影的杯子語法，在《一代宗師》裏，成了電影軟病毒。說實話，看到後來真是有點不爽了。宗師的台詞說，“人活一世，有的活成了面子，有的活成了裏子，”這話不錯，可是難道影像也像人生一樣勢利嗎？面子人物兩小時，裏子人物兩分鐘？再說了，電影的經典邏輯不就是為了讓觀眾看裏子？還是，張震和趙本山黑車一樣躲閃的出演，是《一代宗師》的下集預告？

《宗師》後半部分這麼飄忽，王家衛的鐵杆粉絲就在網上叫，等着看四小時的版本吧！如果有四小時的版本，我也想看。但是，仔細想想，《一代宗師》的主要問題並不是因為時間限制和後期剪輯。

章子怡為父報仇多麼淩厲決絕，被打敗的張晉說，“宮家的東西，我還了。”章子怡眼神鋒利：“話說清楚了，不是你還的，是我自己拿回來的。”但是，一個轉身，章子怡卻在說：葉先生，世間所有的相遇，都是久別重逢。

後面這句話這段情是王家衛最用心要表現的，所以，雖然趙本山和張震被剪成了電影史上外延最豐富的人物，但是葉問和章子怡的關係卻被軟不拉嘰的台詞來回吞吐。再加上王家衛的杯子戲法決不會甘心讓感情一是一二是二地說出，我們只好眼看着章子怡一腳高一腳低地在兩種人生中出沒，直到一代宗師活生生被一代情師污染。而且，王家衛過往電影中的愛欲糾纏，儘管一向兼備小資情調，但是常常我們倒也能感受到進行時態感情的絲絲銳氣，但《一代宗師》裏有什麼呢？天地良心，看着梁朝偉拿個鈕扣跟章子怡推來推去，我真心感覺這種橋段太對不起詠春和六十四手。有人因此總結，《一代宗師》再次告訴我們，王家衛所有電影的主題是：我心裏有過你。

“我心裏有過你”是《一代宗師》最著名的台詞，但是，如果以民國武林為主體的電影成就的是這樣的台詞，我想，《旺角卡門》裏的杯子真的是時候摔掉了。

我們不懂電影

《唐頓莊園》(*Downton Abby*)二〇一二聖誕特輯弄得哀聲遍野，雖然所有的《唐》粉在第三季結束的時候，都知道"大表哥"要離開劇組，但怎麼也沒想到他會離開得如此狗血。

前年，唐頓三小姐要離開劇組去好萊塢發展，編劇讓她生下孩子死翹翹。輪到馬修大表哥也要去好萊塢，編劇用了同樣的橋段，唐頓新生代出生，他死翹翹。所以，網絡都説這個聖誕特輯應該叫清明特輯。

聖誕特輯變身清明特輯，其實也沒什麼意外，就像今年賀歲檔，死的人一部比一部多，《少年Pi》死一船，《一九四二》死一省。然後，就是在這陰慘的氣氛中，《泰囧》出來，票房突破十億，演藝圈集體紅了眼。

作為一部百分百爆米花電影，正如編導徐崢自己説的，《泰囧》頂多是一部"正常的"電影，但現在票房飆到中國第一，真的説明，中國電影不正常太久了，中國觀眾不高興太久了。

回顧二〇一二，真真假假太多不正常。

六月份，上海國際電影節開幕，很多朋友問我開幕電影是什麼，奶奶我真說不出口，《畫皮2》！狗血的故事表面純情骨子陳腐，音樂一起鏡頭就慢，音樂結束鏡頭變速，尼瑪我看完以後除了對人妖有點體認，其他都空空蕩蕩，但就是這樣一部影片，票房八億，成為二〇一二票房老二。我在電影院隨口問過一些觀眾，為什麼來看《畫皮2》，大部分人想也沒想告訴我，3D啊！

3D是什麼？這個問題我完全認同北野武，3D也就拍黃片有點用。但是，這幾年，3D越來越成為我們電影院的最大廣告，像《鐵達尼號》這種老電影變身3D版居然能在中國橫掃九億票房，而可憐的中國觀眾連溫斯萊特(Kate Winslet)的身體都沒看全乎！真是天地良心，好萊塢的3D生意已經走下坡路，而我們現在起步拿3D當方法論。類型片還沒有發育好的中國電影轉手玩3D，除了死翹翹，還能有什麼？

沒有錢玩3D，徐崢只能老老實實拍《泰囧》。說實話，雖然我自己因為年齡問題沒有特別入戲，但是電影院裏一陣接一陣的笑聲讓我竟慢慢有了自卑感，媽的難道我已經老到不能和年輕人同樂樂嗎！這樣，當王寶強和徐崢議論電梯裏的美女是不是人妖的時候，我就跟着旁邊的一個女大學生一起笑了笑，到後來，女大學生把頭笑到我肩膀上，我簡直有了幾分感動。我想起少年時候看卓別林，也笑到過鄰座的懷裏，覺得大家笑成一團看電影，比人人戴一副3D眼鏡看電影，更接近電影的本質。因此，《泰囧》大勝《畫皮2》成為二〇一二票房冠軍，可能意義重大。

當然，話說回來，《泰囧》絕對不是中國電影的勝利，這部電影的笑點設置程式化，人物設置模式化，而且全程依賴人物的非常態人格，所以，笑完，也就跟尿完一樣，圖了個輕鬆。但所有的這些缺點，都不能掩蓋它史詩般的票房勝利，不用懷疑，接下來半年，關於《泰囧》會有各種解說詞。

排除《泰囧》現象所包含的各種文化因素，我對《泰囧》電影本身的主要好感是，這部電影有一種學徒的氣質，甚至有兩次讓我想起了我們影史上的最早喜劇《勞工之愛情》，而借此，我幻想，中國電影從頭開始再來過？雖然一百年過去了，但關於電影，好像我們真的不懂。

一九四二沒有老虎

電影《少年Pi的奇幻漂流》結尾的時候，李安暗示了一個根本沒有老虎的少年Pi生存故事。

電影《一九四二》結尾的時候，蔣介石問李培基，河南饑荒到底死了多少人？李培基說，據政府統計，死了一千多人。蔣介石再問，到底死了多少人？李培基說，三百多萬。

“三百多萬”是《一九四二》要講的故事，借李安的“老虎”來說，馮小剛就是要告訴我們，根本沒有老虎，沒有人和老虎的互相依存，沒有救災沒有希望什麼都沒有。馮小剛做到了。看完這部電影，所有的觀眾明白一件事，一九四二沒有老虎。

有老虎和沒有老虎，似乎是李安和馮小剛電影理念的區別。

這麼說吧，看完《少年Pi》，成熟觀眾都知道，登陸以後永不回頭的孟加拉老虎到底指的是誰。這個，李安在電影開頭，早早地就借少年Pi到教堂偷水喝的情節，讓神父雙關地說出：你是 Thirsty。Thirsty，在電影中，是那隻老虎的本名。這樣的提示性細節很多，反正，要看懂李安的寓言很容易，互聯網上的普通青年和文藝青年一樣對此駕輕就熟。不過，有意味的是，雖然誰都明白故事的真相，但絕大多數的人和電影中的作家一樣，願意相信那個有老虎的故事，用劇中的台詞來説，就是願意“跟隨上帝”。

願意跟隨上帝，或許只是亂世本能，不過，就電影能力來講，李安在《少年Pi》中，做得最好的就是，他提供了讓觀眾躲開真相的可能。雖然老虎和風景大多來自高科技，但是溺水時候老虎的表情，孤獨時候海上的風光，扎扎實實把虛幻之旅變成靈魂鄉愁。如此，與其説觀眾願意跟隨上帝，毋寧説觀眾願意相信電影。而大多數觀眾繼續選擇有老虎的故事，在這個上帝早就被打散了的世界，讚美的不過是，電影的能力。換言之，本質上，《少年Pi》召喚的不是信仰，它區分的是，你還會繼續跟隨電影嗎？

這方面，李安成功了。《少年Pi》的票房是一個注腳。

《一九四二》的票房也不錯啊，你會説。不過，我會説，《一九四二》的票房，很大程度上，還是徵用了我們的民族記憶，就像《唐山大地震》對歷史傷口的徵用。當然，《一九四二》比《大地震》有了很大進步，至少馮小剛這次沒叫我們哭成一團。

“一九四二”是非常殘酷的一年，對歷史、政治和人性的檢討，再怎麼嚴厲都不算過分。馮小剛的這部電影，可以說，幾乎在體制內做到了極致，比如蔣介石的嘆息、李培基的軟弱，都很有細讀的空間，而且，馮小剛也恰當地給了政治人物一些內心鏡頭。但問題恰在這裏，因為影片採用太多視角，包括日本侵略者也獲得他們的內視角，整部電影，我們發現跟誰都建立不了同視角。這樣，看完《一九四二》，我們和所有的人說完再見，不想再和他們匯合，甚至，包括宋慶齡。順便說一句，這部電影中的宋慶齡是我看過的最嚇人的宋慶齡，她打醬油般地出現，像張愛玲筆下患便秘的孟煙鸝。所以，在這個宏大的中國故事中，不僅沒有真老虎，連假老虎都沒有。而用馮小剛自己的話說，看完這部電影，感覺“虐心”，就對了。

因此，就電影效果而言，《一九四二》是要嚇唬觀眾，《少年Pi》是要拉攏觀眾，但馮小剛真的不在乎觀眾，李安真的就甜蜜嗎？

一百個陸川

二〇一二賀歲檔，李安的《少年Pi的奇幻漂流》，馮小剛的《一九四二》，再加上陸川的《王的盛宴》，三部電影都沒有一點賀歲的意思。從票房和排片看，《少年Pi》勝過《一九四二》，《盛宴》則基本沒有可比性，所以，網上流傳一句話：馮小剛和李安之間，差了最起碼一百個陸川。

這話幽默，網友喜歡，不過這"一百個陸川"到底是什麼呢？從網絡評論看，要克服這個差距，就是馮小剛應該向李安討教如何文藝。

好像是的，無論是《臥虎藏龍》《斷背山》，還是《理智與情感》或者《色戒》，李安的文藝腔一直全球通吃口碑蜜蜜甜，相比之下呢，馮小剛從起初要我們笑，到這些年要我們哭，一直有點彈性不夠。不過，當我同時看完《少年Pi》和《一九四二》後，我倒覺得，骨子裏，馮小剛其實比李安更文藝。

什麼是文藝？早些年，文藝的意思很簡易，可以用"棉布襯衫棉布裙子"來概括，這些年，文藝比較接近

“民國範”，具體到銀幕上，就是愛情主義、趣味主義和歷史人道主義成為尚方寶劍。以今年的幾部歷史題材劇為例，《銅雀台》裏，曹操為了愛情放下屠刀；《白鹿原》上，蕩婦田小娥成為絕對主人公；接着是《王的盛宴》，這部號稱改編自《史記》的電影好像是專門為了侮辱司馬遷而存在，從頭到尾的2B台詞令人渾身酥軟，然後，閃耀的基情把歷史變成情愛實驗田。

相比起這些電影，《一九四二》高明太多了，在乏善可陳的國產電影中，馮小剛完全可以憑此片輕取華表獎或金雞獎，而且，相比他過去的不節制，《一九四二》做到了凝重，因此對《一九四二》的很多讚美，我不反對。但是，我要說的是，在慘澹的銀幕影像中，馮小剛的文藝範始終很顯眼。比如，影片中出現的兩個美國影星都是經典文藝範的標本偶像，在《一九四二》中，他們一個是偉大的記者，一個是悲憫的牧師。美國記者和美國牧師出現在這裏不奇怪，但奇怪的是，在無邊無際的中國人逃荒隊伍中，卻只有地主和貧民兩類人，連個知識分子都沒有，連個共產黨員都沒有。當然，共產黨員可能會顯得不夠文藝。

《一九四二》裏的美國記者和牧師，一般被解釋為馮小剛的電影野心，不過，我更願意將之看成一種方便的文藝範，因為記者和牧師是最顯眼的人道主義符號，再說他們常常也是美國歷史片中的主要角色。可是呢，隨着馮小剛把美國記者設為影片中最高等級的人道符號，背景複雜的一九四二最後也就被歸結為一場人道主義災難。

作為一個大腕導演，馮小剛悲憫蒼生的歷史人道主義有其力量，但既然這部電影又叫《溫故一九四二》，此片的目的顯然是為了"知新2012"，那麼，且不論歷史中的一九四二到底是什麼樣的，比如日本人到底是什麼時候佔領延津的，比如時代週刊到底是怎麼幫忙的，我總覺得此片的人道主義文藝範不僅會讓中國歷史再次變得似是而非，而且莫名其妙讓我們欠上美國一筆情。

相比之下，李安這些年的電影倒流露出他對文藝範的一絲厭倦之情。雖然《少年Pi》中那個有老虎的故事依然可以被解讀為一次電影人道主義，但老虎也好，食人島也好，都是非常明確的喻體，就像《色戒》中，即便梁朝偉和湯唯的床戲成了該電影最大的廣告，但是，心事重重的李安當然不是只為了那點色情。床戲推開了《色戒》中的主義問題，誰還會再把湯唯看成地下黨，或者她哪裏還是地下黨？換言之，出身台灣的李安要用床戲置換掉什麼，也是一目了然的。

類似的，《少年Pi》也用最炫的篇章把"奇幻漂流"

做足，而這壓倒性的電影篇幅雖然讓絕大多數的觀眾都願意“跟隨上帝”，但是，在所有關於《少年Pi》的評論中，大家都在談論那個沒有上帝的故事，那個極為殘酷的故事。所以，在李安甜蜜的文藝腔背後，他要撕開的世界早就昭然若揭，而最後，就剩下電影這個最大的謊言，或者說，奇跡。

回到電影本質論的李安，看上去很溫和，號稱自己要讓觀眾感覺虐心的馮小剛，一直有點氣勢洶洶，不過，中間隔着的一百個陸川，也許也不是特別大的差距。

有時候想看他一眼

陳凱歌的《搜索》，情節如下：女青年小葉在公共汽車上不讓座的視頻，因為媒體和網絡的介入，讓她成了眾矢之的，最後，她跳樓自殺。不過，不讓座和自殺的真正動因是因為她得知自己身患絕症。

不管是因為感同身受還是感嘆世風日下，陳凱歌的這部電影，用一個影評界的常用詞，算有“誠意”。互聯網時代，媒體和口水暴力早就是我們的日常生活，所以，用一個女青年的遭遇去表達這種現實，比《無極》有意義一千倍。但是，兩小時的《搜索》告訴我們，光有誠意遠遠不夠。

《搜索》的絕大部分情節和細節都是被架空的。首先，真要表現媒體暴力，女主角的絕症就是對主題的游離和反對，它使得高圓圓扮演的這個角色設定一會兒是《藍色生死戀》，一會兒是《案件聚焦》，而整個電影就在這兩種風格間跳躍，直到所有的現實都被弄成超現實，我們走出影院還有茫茫然的一連串問題：高圓圓幹嘛要跟老闆王學圻借一百萬？最後遺言把這筆錢捐掉，是劫富濟貧嗎？另外，作為社會頭號新聞的主人公，高圓圓的社會關係幾乎真空，而且，不僅高圓圓關係真空，《搜索》展現的世界小到五六個突然邂逅的陌生人就能完成親情、愛情、社會、家庭、職場、懸疑、情報等所有劇情功能，搞得台灣演員趙又廷在《LOVE》之後又爽了一把，先跟姚晨同居，又用七天時間跟高圓圓見證真愛。但是，趙又廷和姚晨之間缺了什麼導致高圓圓能迅速劈腿，我們不明確；趙又廷和高圓圓之間的愛情又是怎麼發生，我們不清楚。陳凱歌二十年前的電影，《霸王別姬》中，張國榮一個眼神收下張豐毅，是演技，更是細節，但《搜索》不想管這些了。

事實上，諸如此類細節的缺乏説服力，包括對這些細節的沒耐心經營，才是我們這個時代病象的真正徵兆，大到法庭案例，小到人民生活，我們得到的消息都有點飄渺，歐，那個醬油瓶到底是怎麼回事？歐，最近的牛肉到底能不能吃？

於是，茫茫然的，在資訊的汪洋裏，我們變得沒有節操，這就像，《搜索》的結尾，趙又廷又要通過微博去祭奠高圓圓，他忘了，在影片初始設定的邏輯裏，微博等等網絡媒體也是殺死高圓圓的一個兇手。這是陳凱歌的疏忽嗎？我不知道。也許，在這個充滿矛盾的世界裏，還有人願意編故事給我們聽，已經不容易了。

最後，我有一個細節跟大家分享，這是政府部門的一個工作人員講的："一個老太太來給老伴註銷戶口，她小心翼翼的問我，姑娘，我老頭身份證你們可不可以不收回，我有時候想看他一眼就可以看看他的身份證……"

這個細節在網上被很多人傳，因為大家相信，這樣的故事只能來自生活本身。

聽　風

《亞洲週刊》邀請我到香港書展作演講，開場前熱身手心都冒汗，突然，接到江迅大哥指示，特大風球，演講取消。

天靈靈地靈靈，這樣的電影情節，說實話我真是等了有半輩子，小時候考試或者撒謊給父母識破，大了以後遇到難堪或者傷心事，都希望有這樣的一場風球，把難人難事攔腰截斷，烏拉拉，時間騰不出手打我們，生活可以繼續。

不用演講一身輕，出門去聽風。走到天橋上，看到《聽風者》的大幅海報，有時間細打量。麥兆輝、莊文強的這款《聽風》相比電視劇《暗算》，美則美矣，但似乎也美過了頭。電視劇中，梁朝偉的角色是王寶強的活，周迅的角色是男人柳雲龍的事，二〇〇六年《暗算》風靡大江南北，並且啟動之後一系列諜戰劇，柳雲龍功不可沒，包括《暗算》三季的看點，一直就是柳雲龍。

柳雲龍有信念，有品德，既堅韌又溫暖，既智慧又通達，超克愛情又很深情，作為貫穿《聽風》《看風》《捕風》三部曲的靈魂人物，他展示的道德感具有水晶般的質地，比美人更動人，比愛情更迷人，而其中關鍵的一點是，這種道德和美學上聲名不佳的“高大全”完全不同，柳的道德感與其說是規訓的，毋寧説是自然的，所以既能召喚奇人王寶強，又能召喚無數普通觀眾。但是，麥莊大片呼啦轉換了《聽風》主人公，從梁朝偉在海報上的位置就看得出，這會是一齣奇人傳奇。

奇人傳奇也不錯，在這樣髒亂差的時代，傳奇就是一次大風球，可以暫時挪開我們的日常生活，不過，我對《聽風者》的最大擔心是，演員都太美。梁朝偉不用説了，相比王寶強，他就是天仙。周迅呢，雖然製片方不斷表白在魚龍混雜的解放初期，就可能有這麼美豔的諜戰人員，但還在上映的《畫皮II》會反復提醒我們，她太妖嬈。三年前，在陳國富高群書導演的《風聲》，即改編自《暗算之捕風》的電影中，周迅扮演的一個地下諜戰領導説服力欠奉，就已經是美的教訓。美色諜戰的007時代早已終結，在二十一世紀，再打美色牌，是不是傳統了點？

其實，看看鄙視鏈最頂端的英劇就可以了，為了避免美色誤國，英國諜戰劇中有妖精美女嗎？甚至，英劇中的女主角都越來越少。所以，從電視劇《聽風》的雙男主人公到電影《聽風者》的一男一女兩美人，我深深覺得電影在美學意識形態上已經落後了。而且，電視劇《暗算》通過“信念”傳遞的荷爾蒙，遠遠超過美色荷爾蒙，超過情慾荷爾蒙，這種荷爾蒙顯然屬於更高級的想像力和更高級的表現力，這方面，《風聲》做不到，《聽風者》能做到嗎？

十號風球裏的海報，《聽風者》梁朝偉的聽力似乎專注在背後的周迅身上，我希望，這是一次事先的誤讀。

這是藝術片？

新學期有一門中國電影課，講什麼才能引起年輕人的興趣？一個學生建議，從地下電影開場，因為地下的一般比地上酷。

不過，到底什麼叫地下電影，也沒有誰説得清。我去網上問專家，能不能推薦幾部好的國產地下電影？就有高人調侃説，《地道戰》。因此，更樸素地説，所謂地下電影，常常就是只能自己放給自己看的那些片子。

用電視機看電影，雖然受到很多技術論者的鄙夷，但就我個人而言，我看的絕大部分電影，都是大銀幕變小熒幕，而在我花了一個多星期，集中看了二十來部所謂中國地下電影之後，更覺得用電視機看電影也足夠了。不僅足夠，坦率地説，我幾乎有些邪惡地感到，廣電總局的某些決定是對的，因為大部分的地下電影都非常難看，比如我媽，我看任何一部地上電影，她都有興趣跟着看，但是我看的所有地下電影，她連一分鐘都不願浪費，她説，“太黑”。

舉一個例子。何建軍的《蔓延》算是一部不壞的地下電影，光從電影題材看，有點《小武》有點《蘇州河》。男主人公申明因為和女友搞了點色情活動被退學，由此他開始賣碟。因為生意，他穿梭酒吧、天橋和高校，為不同階層的人提供服務。理論上來說，申明這個人物設定很有戲，他可以像小武一樣閒蕩，也可以像馬達一樣奔跑，而且，聚焦在他身上的社會成分更複雜，完全可以藉此擺脱地下電影方程式：警察妓女性變態，黑燈瞎火長鏡頭。

但是，很快，警察出現，妓女出現，性變態出現，黑燈，瞎火，黑燈瞎火，最後，長鏡頭，電影結束。這就像，大學時代，看到長髮飄飄的男人，我們的門衛阿姨就會說，一看就知道是藝術系男小人，還混啥混！

不過，地下電影的"黑"社會方程式還只是形式，國產地下電影最沒希望的地方是，很多電影的藝術邏輯其實和廣電局完全一個思路。比如《蔓延》，着重表現了申明和一個寂寞大學女教師，一個熱愛電影的妓女，一對下崗夫妻，一個患愛滋的樂隊鼓手的交集。在表現這些人物時，電影的起承轉合卻很相彷彿。寂寞的大學女教師自己在家看碟，看着看着就模仿上了，就高了；愛電影的妓女和申明完事之後，說，我不要錢，只要五十張碟；下崗夫妻看完《低俗小說》，模仿策劃一起搶劫；樂隊鼓手呢，則用《大河之戀》給自己臨終的安慰……

嘿嘿，看上去都很藝術是不是？但是，這四組情節的中心意思是不是一個：電影的教化功能很強大，而廣電總局禁這禁那，也不就覺得電影的教化功能很可怕嗎！

電影中有一個細節，盜版小販給抓了，警察審問，有這樣的對話——

“賣毛片嗎？”

“沒有，絕對沒有。”

“這是什麼？”

“這是藝術片。”……

“這還不是毛片？”

“不是，這是藝術片《感官世界》，講人性的。”

“少來這一套，講人性，我看呀，是只有性，沒有人，這就是毛片。”

雖然呢，這個細節諷刺的是不懂電影的警察，不過，想起把這張碟推薦給我的師兄，他不懷好意的介紹，“這部很藝術！”我就覺得，在人民群眾中間，“藝術片”已經淪為一個曖昧的詞彙，這就像在《蔓延》中，警察對毛片的定義也不算離譜。

最後呢，這個學期的電影課，我就特意選了一些影片氣候比較好的電影，以此修補地下電影對我視力的傷害。

禁止導演拍老婆

王全安拍了《白鹿原》，連累了姜文陳凱歌。因為互聯網上大家都在說，《白鹿原》變成了《田小娥傳》。怎麼會變成“小娥傳”的呢，因為王全安太愛媳婦張雨綺。因為太愛媳婦，媳婦演的田小娥變成了整個片子的靈魂人物。史詩小說變形蕩婦小傳，網民由此建議廣電總局，必須禁止導演拍老婆，夫妻檔浪費人民財產的例子太多，比如姜文拍周韻，比如陳凱歌拍陳紅。

網民的邏輯好像跟鹿三有點像，白家的忠實長工最後代表白鹿原的保守力量處決了田小娥，不過，回到電影《白鹿原》，王全安的野心雖然大，但的的確確只講完整一個“紅顏禍水”的故事。

這麼說吧，自從田小娥出場，所有人物的行蹤動機圍着她交代，整個電影的節奏情節被她帶着走。為了肯定她的出軌，小說中原來身體不錯良心不壞的小娥第一任男人直接被說成性無能。黑娃呢，原著中最有原野氣息串聯着白鹿原變遷的年輕人，在電影中突然來突然走突然又回突然又走，全部因果都落在田小娥，尤其最後他一半敵後武工隊一半威虎山土匪似的回來為田小娥報仇，沒看過小說的觀眾真是不明白，你丫這麼牛逼，怎麼不早點接走田小娥！

然後鹿子霖，白鹿原的老一輩鄉約，原本和白嘉軒過招的人，在電影中，他全部的勇敢和猥瑣都體現在和田小娥的苟且裏，他唆使田小娥去勾引白孝文，為啥啊？為了保證每場戲裏有田小娥！整部電影，白鹿原史詩只有這個外鄉女人獲得了從頭到尾的命運交代，小說中的點題人物，“白鹿”化身朱先生和見過白鹿的白孝文，前者根本沒出場，後者是在和田小娥發生關係時，導演賞了個近景，觀眾才得以看清他的臉，而他原本複雜的命運則全被“情種”兩個字概括；小說主人公們，份量最重的白家和鹿家，人員被精簡掉可以理解，因為就算原長二百二十分鐘也沒法把所有人物講清楚，但是電影中的白鹿兩家卻是靠田小娥發生聯接。

乖乖隆地咚，拗着造型出場的田小娥，一半學生妹一半海上花，她的命運在小說中那是三分可憐三分可恨三分可嘆，外加一分可惜，但是在王全安的鏡頭裏，田小娥生不可憐死不可惜，導演老公的全部抱負就是，讓觀眾知道演員老婆有多妖美，就在她餓得奄奄一息前，還要露出雪白渾圓的香肩給公公鹿三和觀眾我們看，用令人渾身發癢的聲音說“我餓”，所以，她終於死了，我鬆一口氣。

但是她死了，王全安也泄了，電影最後結尾在一個下集預告似的鏡頭上，日軍的轟炸機來了，白嘉軒茫然了。

為什麼結在這個尾上，王全安有一萬個理由，當然，這一萬個理由，最後都有廣電總局罩着，不過，光從這兩個半小時的“田小娥傳”看，我也覺得，這些年，廣電總局算是枉擔了很多虛名。表現鹿兆海白靈可能比較麻煩，但是表現白鹿原的精神象徵朱先生難道不是正當時？傳統文化和道德力量會讓總局不爽嗎？

説到底，王全安雖然算是第六代一代表，但是卻連第五代的高度都沒達到，《白鹿原》從小説到電影，就是好德到好色的蜕化，最後，麥田秦腔徒然地成為MTV鏡頭，紅高粱時代的精氣神現在就是牆上的一抹蚊子血，傳説中被刪掉很多的情色鏡頭，在王全安的嘴裏是政治，在媒體的口中是噱頭，到了觀眾這兒，就剩下個氣泡。嘿嘿，一百五十分鐘看下來，田小娥一直模特兮兮的表情，要讓我們相信她會有潑辣的演出，除非李安是王全安的副導演。

所以呢，遇到這種夫妻檔拍片，廣電總局完全可以大方點，讓他們隨便拍，三級片裏見過夫妻檔嗎？那是難題。當然，如果總局尊重廣大觀眾的意見，還真是應該禁止導演拍老婆，否則中國電影會多一些莫名其妙的傳記片。

陳強向謝晉道歉

謝晉在晚年的時候，好幾次提到《紅色娘子軍》中被刪的三段感情戲。按照原定的設計，洪常青引領吳瓊花走上革命道路，彼此之間有過從朦朧到確切的感情表達，但公映的時候，這三段戲被刪了。謝晉對此一直深表遺憾。

上個星期，著名演員陳強過世，在一篇回憶文章中看到，原來，最早還是陳強堅決要求謝晉刪去影片中的感情戲，他的理由是：這種煽情的處理會讓觀眾懷疑，洪常青救吳瓊花帶有個人色彩，會成為現代版的英雄救美故事。當時謝晉和陳強爭得非常激烈，最後是組織出面，上海電影局局長張駿祥做了工作，謝晉才忍痛割愛。事隔四十年，陳強八十多歲的時候，跟謝晉提起往事，說一定要當面賠禮道歉才能寬心。

兩位老戰友當然是一笑泯恩仇，可老爺子道歉十年之後再來看這段往事，卻覺得這段公案值得再思考。

陳強道歉是真的覺得當年錯了，還是想給謝晉一個說法，這些，如今都無從追問。不過從陳強一生的演藝事業看，陳強要謝晉刪戲，卻飽含了一個時代的電影追求，而他的道歉，也意味着這種追求的最後隕落。

關於陳強的紀念文章，永遠會提到他演繹的兩個角色，一個是《白毛女》中的黃世仁，一個是《紅色娘子軍》中的南霸天，這大概也是當年全國人民最痛恨的兩個銀幕壞蛋。對於陳強自己，《白毛女》開拍前，他想的是演楊白勞；《娘子軍》開拍後，他得躲着人走。在那個年頭演壞蛋，可不像今天，壞蛋得掌聲受歡迎惹姑娘喜歡，在那年頭演壞蛋，被入戲的觀眾殺掉的可能都有。所以陳強有包袱，他跟導演說，我還沒結婚，演了黃世仁，誰家的閨女肯嫁給我啊！

也是組織出面，做了陳強的工作，他接連演了兩個大壞蛋，並因此成了唯一憑反派角色入選"新中國二十二大人民演員"的電影工作者。

現在我們聽到"人民演員"這個詞肯定有間離效應了，不過，陳強這代人的電影觀念形成於延安時期，"人民性"就是電影的最高美學，"為人民服務"就是電影的最終目標，所以，無論是演壞蛋，還是演好人，演悲劇，還是演喜劇，銀幕上的陳強就像寫戲的莎士比亞，"不浪費一分鐘去經營個人形象"，欺負瓊花的地主也好，開店兒子的老子也好，陳強的電影表現一定是具有"典型性"，具有"民族風"。這樣，他演的惡霸才會世界各地激發仇恨，像《白毛女》演到奧地利，陳強謝幕的時候，就會有嫉惡如仇的觀眾大叫：不要給他獻花；這樣，他演的家長才能天南地北引發共鳴，雪花似的群眾來信說，我爹就是《瞧這一家子》裏的老頭子！

同樣的原因，陳強會覺得洪常青不應該用那種眼神去看吳瓊花，這樣的愛情，有點像“革命的福利”，這不是“為人民”的題中之義，所以，得刪。刪了愛情戲的《紅色娘子軍》影響觀賞了嗎？我覺得沒有。而且，從今天的革命電影電視劇效果看，洪常青克制的眼神才是這個電影至今流傳的一個要素。

可惜，陳老爺子跟謝晉道歉了，而九十年代以來的銀幕上，吳瓊花們一出場就飽含了情慾，洪常青們一革命就能遇到美人，大量的革命影視劇掛羊頭賣狗肉，革命是外表，福利是內核，陳強要是看到如今那些黃世仁南霸天的“立體效果”，一定會覺得自己當年實在單純！

單純的年代過去，陳強走了，張瑞芳走了，二十二大明星走了一半，最年輕的祝希娟也七十本歲。而“人民演員”這個稱呼，今天還有誰配呢？

無父的時代

任正非在給公司的內部郵件中說，華為的接班人除了要具備以前講過的視野、品格、意志之外，還要具備對價值評價的高瞻遠矚和駕馭商業生態環境的能力等等。他說，這些能力他的家人都不具備，因此，他們永遠不會進入接班人序列。

至此，全球矚目的"華為接班人"問題變成了華為轉型問題，一代家長即將退出江湖，全球第二大通訊供應商將如何迎戰新時代？

華為轉制我沒有能力置評，我感興趣的是，作為"全球最具爭議的商人"，任正非退休之後的華為似乎很有時代特徵，風風雨雨的政壇不去說它，當下的電影圈基本進入無父的時代。

沒錯，這是我看了《致我們終將逝去的青春》後的感想。

坦白說，最早在媒體上看到趙薇要執導《致青春》，我多少有些不以為然。還珠格格這個角色既是她的金剛棒，也是她的緊箍兒，所以，我跟不少朋友一樣，覺得趙薇當導演，懸乎！尤其，理論上來說，她個人的電影片單雖長，能進入電影史的作品畢竟欠奉。

可毫無疑問，《致青春》為她刷出了嶄新的可能，雖然在任何意義上，這部電影也終將成為一部流行之作，一個票房童話。但是，在這部導演處女作裏，趙薇非常聰明地避開了她之前參演的那些愛情故事的陳詞濫調，《致青春》不亂搞誤會，不歇斯底里，不各種巧合，不拖泥帶水，她警惕肉麻警惕脫俗，甚至警惕小清新警惕大煽情。八九個人物，主線和副線的關係交叉很清晰，呈現很完整，而且角色彼此之間構成互文的支持，所以我驚奇地看到，幾個在爛片中經常出沒的偶像明星，在這部戲中的表現，卻是可圈可點。

五一節晚上，新衡山電影院一號大廳真正滿座放映，我坐在觀眾席裏有點小激動，很多年了，我在電影院裏沒看到過這麼多人，《致青春》的毛病其實很多，比如BP機和盜版碟同時代出沒，比如"出國"橋段的歷史感偏差，當然更嚴重的還是後半段的概念人生導致前半段的青春也概念化，但是，所有這些毛病擋不住這部電影呼之欲出的興奮：現在，我說了算！

謝晉已經成了牆上的大師，陳凱歌張藝謀垂垂老矣自顧不暇，新登場的電影人既沒有歷史的壓力，也沒有藝術的負擔，第五代第六代出場的時候，還要喊幾句“PASS第四代”“埋了第五代”，但現在的電影人不用了，他們拿起導筒，再也不用拗時代造型，也不用講肩上的責任，背後的目光。

滕華濤的《失戀33天》就是給屌絲打打氣，徐崢的《泰囧》就是給百姓逗逗樂，薛曉路的《北京遇上西雅圖》就是給觀眾養養眼，而趙薇的《致我們終將逝去的青春》，就是讓我們在樂過之後，追悼一下自己的青春。這些電影，都是這一兩年來的票房奇跡、媒體主人翁，這些電影，無一例外地出自剛出道或出道不久的導演之手，似乎，在任何一個歷史階段，我們都沒有這麼密集地迎來過新導演出手就是票房大片的時代。我想，這是因為，有父的時代結束了。

就這樣狂歡，就這樣哭這樣笑，豪情與賤情齊飛，激情共基情一色，沒有歷史包袱的新電影人，出手豪闊，屌絲最後都能功德圓滿，當然，這些屌絲原本就具有高帥富的潛力和面相，比如《西雅圖》裏的吳秀波；新導演們也更心地善良，《泰囧》裏的徐崢會因為王寶強的一封信而內心決堤；同時，普遍地，他們也更單純更浪漫，《33天》也好，《西雅圖》也好，《致青春》也好，包括《泰囧》裏的陶虹，勇往直前為愛付出的女孩子們，你們儘管放心，年輕的導演一定會讓你們愛有所值，一切，新電影人說了算。

我不知道沒有父親後的華為是不是會更上一層樓，我只能隱約地想像，沒有家長的中國電影可能會有一個重新出發的青春期，但這個青春期也可能短暫到連過程都無法捕捉。

湯唯遇上帝國大廈

網上傳的一個說法：和男人相處，要義就是，若他情竇初開，你就寬衣解帶；若他閱人無數，你就灶邊爐台。和妹子相處，要義就是，若她涉世未深，帶她看盡人間繁華；若她心已滄桑，帶她去坐旋轉木馬。

葷素搭配，這是愛情神經劇的普遍邏輯吧？

《北京遇上西雅圖》拼命點頭表示同意。湯唯以闊小三的身份來到西雅圖一月子中心，準備為金主生兒子。運氣好，前來接機的司機是吳秀波，絕世好男人不說，而且經歷過滄桑；經歷過滄桑不算，還回歸了單身；單身着不算，來美國前還是北京鼎鼎大名的心臟科醫生。這樣的醫生，早個二三十年，在紐約可能碰得上，今天還想邂逅為女兒跑去美國吃軟飯的中國名醫，就是對自己的國情不瞭解。當然，吳秀波的名醫前史與其說是為了在湯唯快生產的時候秀一下醫學知識，毋庸說是為了最後，讓他獲得美國醫生的資歷和湯唯站在一起。

美國醫生當然更抒情！整部電影號稱“北京”遇上“西雅圖”，但是北京是什麼呢，就是湯唯的一句台詞，西雅圖一幢樓只夠買北京兩廁所，所以，北京是老江湖，西雅圖是小清新。北京的家像故宮，老公跟傳說一樣不見真身，西雅圖的私人月子中心也夠溫馨，吵過鬧過還能成閨蜜。不過，這些，都不是重點，重點是帝國大廈。

《北京遇上西雅圖》出來後，很多影迷評說這部電影既致敬了《夜未眠》又致敬了《金玉盟》，既致敬了《綠卡》又致敬了《金剛》，片單挺長的，可我覺得這種對比也就是個"找你妹"。說到底，就像英文片名提示的，Finding Mr. Right，這部電影跟北京沒關係，跟西雅圖也關係不大，它的題目就應該是赤裸裸的《湯唯遇上帝國大廈》。

永遠的帝國大廈！想想挺有意思，美劇中經常作為金融符號出現的帝國大廈，到了電影中，常常成為抒情終點，且不說那些愛情輕喜劇，即便是安迪華荷的先鋒電影《帝國大廈》，或者是更早的《金剛》，帝國大廈都是為了高潮而存在，為了向觀眾炫耀它那無與倫比的海拔和俯瞰能力。歐，黑暗降臨燈光亮起，帝國大廈的原罪交給白天，現在，每個來到帝國大廈的男人都深情款款，每個來到帝國大廈的女人都純潔無邪，這裏就是羅陀斯，這裏就有玫瑰花，在這裏相遇，在這裏相愛！

但是，讓我們把燈光調到跟白天一樣，讓我們更仔細一點，吳秀波和湯唯第一次在帝國大廈樓下的時候，為什麼沒上去？不，其實不是他們沒上去，是他們上不去，因為當時吳秀波還沒拿到美國醫生執照，還是個打零工的男人，而湯唯也還有待洗白。當然，洗白也很容易，編劇一分鐘搞定，她帶着孩子離開了金主，還自己撐起了一個網站，拿到第一個網站廣告的時候，她就往帝國大廈趕！

北京賺錢容易我們在《春嬌和志明》中就看到了，可單親母親創業剛剛有點成績就往紐約趕的，也算“敗金女”本色不改，不過，讓我們從湯唯的金錢來路中振拔出來吧，對於這個時代來說，首先需要洗白的，肯定不是小三。只要帝國大廈洗白了自己，這個世界上，就全都是乾淨的。而這部電影唯一讓我困惑的是，人家美國電影要洗白帝國大廈怎麼着都算是愛祖國愛集體，但我們犯得着跟在後面嘩啦啦鼓掌動情嗎？當然，如果帝國大廈給了廣告費，我也願意跟着拍手。

最後，我想說，湯唯真是很漂亮，不過她跟帝國大廈，真是沒有化學反應。

看金像獎

晚上中央電視台轉播第三十一屆香港電影金像獎，我一邊電視看美女帥哥入場，一邊刷屏看影迷粉絲吵架。

吵得最厲害的是最佳男主角獎，又是劉德華！華仔還沒上台取金，劉青雲的粉絲就在網上狂吼：不公平！

從《新不了情》到《暗花》到《神探》到《竊聽風雲》到《奪命金》，劉青雲的金像獎提名次數已經達到兩位數，可惜的是，提名十八年，奪金命不旺。這一年輸給需要一個安慰獎的李連杰，那一年輸給苦熬二十年的張家輝，今年再次敗給明星勞模劉德華。所以，網友建議，頒獎結束，劉青雲應該找姜文喝一杯，因為姜文一定更失落。

金像獎開盤前，《讓子彈飛》有十三項提名，搞得姜文帶着主創霸氣側漏到達文化中心，那表情，即便不是拿最佳電影，也是取最佳導演的調調。可惜，姜霸王在台下坐了整整一晚上。眼看《桃姐》一會上去，一會下來，一會又上去，一會又下來，連並不特別中意《子彈》的網民，都覺得金像獎對於大陸電影，的確態度曖昧了。

本來呢，《桃姐》拿獎我們沒意見，許鞍華也一直是影迷心中“最好的導演”，但是你看，連九把刀都上了，《這些年》和《子彈》是一個體量單位嗎？

關於金像獎，各種解釋多。其實，諸如“金像影帝一定是港星”“金像影片一定是港片”這樣的説法，無論是從歷史還是立場看，大陸觀眾都是能接受的，而且，説實在，作為一個香港電影的忠實粉絲，我甚至願意金像獎固守它那點本地主義，願意金像獎就給香港電影人，同時呢，也願意香港電影別老想着大陸觀眾，願意香港電影就講粵語吃蛋撻，把香港黃金時代電影的勃勃生機和燦爛想像灌注到今天。所以，看到《葉問》，我們喜歡；看到《志明和春嬌》，我們歡喜。

可惜我們歡喜過頭了。彭浩翔這樣的聰明蛋，對大陸的態度，那是越來越皮裏陽秋。就説這次的頒獎禮，彭浩翔攜內地演員楊冪登台頒獎，楊問彭，怎麼安排我們來頒發最佳視覺效果獎？彭解釋説，在《春嬌與志明》(即《志明與春嬌》續篇)中，楊的低胸造型引來大家的呼聲，這就是一種視覺效果。楊接着抱怨，你總是讓我穿那些深V上衣，搞得沒人看我演的是什麼！彭再解釋：我們的電影沒錢做特技和視覺效果，所以只有靠你來製造視覺效果啦。

彭浩翔的説法很噱頭，在一個總試圖創造笑點的電影頒獎禮上，這種台詞雖然明顯地嘲弄了楊冪的智商，可如果演員本人不在乎，觀眾當然無所謂。不過問題是，《春嬌和志明》在前，彭浩翔頻頻開涮內地演員和內地人，同時又不斷跑到內地做宣傳圈人氣，這樣得瑟這樣傲驕，真以為自己智商二百五了？

《春嬌》中，北京錢多人傻，大陸角色都有2B傾向，楊冪癡迷余文樂，徐崢單戀楊千嬅，黃曉明，咱不提了。反正，兩個香港小白領一到帝都，不僅物質上大款了，感情上也款大了。這是為北京的投資環境做廣告嗎？彭爺的電影不是一向號稱接地氣嗎？

我們呢，身在魔都，看香港調戲帝都，本來心情不會壞，但是彭爺在大陸宣傳，從北到南一路叫嚷"因為我很有才華"，一路把我們當黃曉明，我就反思，他是真覺得大陸觀眾犯賤了。

所以，金像獎轉播，翻譯用毫無表情的普通話來轉述彭的逗樂，我倒覺得，蠻好。

副導演

先後看了《桃姐》和《晚秋》，沒什麼說的，這兩部影片的差距，就是導演和副導演的區別。

都是兩個人的戲，葉德嫻和劉德華，湯唯和玄彬，按常理，應該後一組更有化學反應，一個是氣質美女，一個是人氣美男，一個是替罪羔羊，一個是青春鴨子，但是，《晚秋》兩小時，我們睡睡醒醒，一直到最後男女主人公二十秒鐘的激吻，我懷疑也只有導演一個人高潮了。但是《桃姐》不一樣，葉德嫻多麼完美地詮釋了許鞍華的意圖，在她的氣場裏，劉德華第一次洗去明星味，觀眾不僅沒出戲，而且當中年劉德華帶老年葉德嫻看完電影首映，用情侶的方式，拉起老家傭葉德嫻的手背在身後，你會覺得，這個場面，才值得王菲唱：因為愛情，怎麼會有滄桑，所以一切都是幸福的模樣。

《桃姐》兩小時，沒有一場真正稱得上事件的戲，桃姐的中風和死，都在戲外完成，許鞍華略過最高調，用中低音織出桃姐簡單的一生。羅傑和桃姐散步，路遇一對新人，羅傑就問："我聽媽說當年追你的人也挺多的，有一個賣菜的，有一個五金鋪的，還有一個賣魚的，你為什麼不要呢？”桃姐說：“因為他們太腥。”“腥？”“對。”“五金鋪也腥？”“對。”

算起來，這是桃姐生活中最大的謎了，一個“腥”字卻家常又抒情地講出了桃姐一生的原則，後來羅傑的媽媽到養老院來看桃姐，桃姐一邊無比感激她親手煲來的燕窩，一邊卻也挑剔她的燕窩有點“腥”。

這兩個細節，在整部電影中，一點都不彈眼落睛，感覺卻是前呼後擁，因為一個好導演，講究的是影片的肌理和節奏。玩情調，玩噱頭，裝神弄鬼，這是史前導演的賣相，可惜的是，《晚秋》就是這副腔調。

《晚秋》據説已經有六個版本，不過看了金泰勇的，我也不想去看一九六六的經典版，因為金泰勇把這個故事弄得不三不四不説，還把湯唯和玄彬給坑了。金導演大概是急於在銀幕上留下自己的簽名橋段，整個《晚秋》被切割成幾段折子戲。第一場，湯唯和玄彬在公園裏玩，一邊為遠處一對吵架的情侶配台詞，類似《花樣年華》中張曼玉和梁朝偉演戲中戲，但是湯唯玄彬，一個華人，一個韓人，去配一對洋人，怎麼聽怎麼生硬。第二場戲也是這樣，湯唯突然對着玄彬講起自己的過去，用他聽不懂的中文；然後第三場，玄彬教訓湯唯的前男友，當年“畏罪潛逃”“嫁禍湯唯”的男人，搞得湯唯終於歇斯底里吼出你為什麼不道歉；然後第四場，更加蒙太奇，玄彬給抓了，“夢幻”一般複製了湯唯的宿命……

本來，以湯唯和玄彬的能力，這幾段折子戲也可以引發一些小高潮，糟糕的是，這幾場戲都是前不着村後不着店，既不能互相支撐，又不能彼此合拍，搞得最後，觀眾就看到了一些《晚秋》名下的電影素材，換句話說，我們看到了毛片。

這兩天，優酷土豆合併，網民就把土豆網原來的廣告給改了，從“每個人都是生活的導演”變成了“每個人都是生活的副導演”，從電影學的角度講，這個廣告詞倒是更適合土豆，而《晚秋》呢，可以為網民解釋什麼叫副導演。

被解救的尹雪艷

白先勇的《永遠的尹雪豔》改編成滬語話劇，終於在上海登場。文化廣場上下三層樓兩千人的場子，撲撲滿，尹雪豔，或者說白先勇的號召力還是可觀。

白光的歌，張叔平的旗袍，還有胡歌扮演的徐壯圖，客觀的說，滬語版的這次亮相屬於色香味俱全，對於滬語話劇而言，在任何意義上都可算一個新的高點。

就是，在滬語版中，尹雪豔的本質，被悄然改變。

原著小說中，尹雪豔是地道的"禍水"。尹雪豔總也不老。尹雪豔着實迷人。尹雪豔迷人的地方實在講不清，數不盡。這是白先勇小說前三段的起首句，尹雪豔剛出場，就是童叟無欺的九尾狐，用小說中吳家阿婆的話，是"妖孽"。接二連三的男人牡丹花下死，但是，她的心永遠是剛硬的。

王貴生為了她不擇手段地賺錢，終於犯了官商勾結的重罪，他被槍斃那天，尹雪豔在百樂門停了一宵的舞，算是致哀。接着是洪處長，休了妻子拋了子女，答應了尹雪豔十個條件，終於把尹雪豔娶到手，也讓她在上海的上流社會好好風光了一把，可惜，洪處長到了台北以後沒建樹，尹雪豔離開了洪處長，轉而經營自己的尹公館。尹公館是台北小上海，迎來了新客徐壯圖，徐壯圖自然也被尹雪豔勾了魂，茶飯不思心緒不寧的時候，跟手下工人發了火，被對方一把扁鑽刺死。徐壯圖的葬禮上，尹雪豔飄然而至，在一眾對她無限怨恨的徐家親戚前，莊重地跟徐太太握了握手，然後翩然離開，搞得徐太太當場昏厥。

這是永遠的尹雪豔，流水的男人鐵打的麻將，她只管吃紅。

但是滬語版解救了尹雪豔，最厲害的一招是，讓台北的新客徐壯圖在上海就和尹雪豔有了前情，一個瓊瑤版的男大學生愛上舞廳皇后的典型故事，徐壯圖給尹雪豔寫了一首詩，而且，尹雪豔把這首詩一直隨身帶在身邊，兩人台北相認，幾乎就是十八春。

我不知道是不是因為扮演徐壯圖的是當紅小生胡歌，所以他的戲份增加了，情懷纏綿了，但是這樣的改編後果是直接削弱了尹雪豔的説服力。畢竟這個角色當世也沒幾人有條件出演，無數觀眾曾經把尹雪豔想像成林青霞，但大美人也會老，尹雪豔這樣的角色本來也就是隱喻，沒法上身的，所以尹雪豔要成立，全靠周圍男人烘托，你方死了我登場，尹雪豔決不因外界變遷，影響節拍。

滬語版成功地在感情上解救了尹雪豔，但是，為她平反給她體溫的同時，卻讓這個具有廣闊解釋空間的“禍水”變成了一個軟無力的美女。這個尹雪豔還能隱喻上海嗎？這個尹雪豔不過是百樂門的舞廳皇后而已。

當然，話說回來，沒有真金白銀的尹雪豔，這齣戲要真的按原著來搬演，恐怕直接淪為“禍水論”，而滬語版的現場，還真是蠻“立體”，尤其，編導加了一場多少有點妖魔化的“六十年代百樂門”，搞得劇場效果似乎很豐富。不過，我想說，這場戲，對《永遠的尹雪豔》而言，只是一次別有用心的離題，而且，最後編導讓尹雪豔在一九七九風光無限重回百樂門，實在太像百樂門廣告了。

尹雪豔還能永遠多久，我不知道，不過我們和幾個零零後孩子一起看的戲，看完，他們都表示上海話不能完全聽懂，尤其尹雪豔一開口，把Q寶嚇了一跳，他說，她說話怎麼這麼怪！上海話的嫵媚，是新人類不懂，還是上海話的嫵媚，需要一次修復？

第三輯

英劇和美劇

開春以來，美劇《紙牌屋》的口碑把今年的奧斯卡電影都給PK了。表面上，這似乎是電視劇對電影的又一次打擊，但是，看看《紙牌屋》的編導演陣容，從頭兩集的導演大衛芬奇(David Fincher)到黃金男主角凱文史帕西(Kevin Spacey)，都是奧斯卡典禮上的常客，我們幾乎能感到，好萊塢電影人全面出擊來搶電視劇的生意了。

這不是好事情。

美版《紙牌屋》多牛逼啊，上海灘鑽石男寶爺從來不讚美男性的，但是史帕西出演的壞男人法蘭西斯厄克特一出場，就讓寶爺失聲叫出："男人中的法拉利"。史帕西是法拉利，但就像法拉利出身歐洲，史帕西的表演，包括《紙牌屋》的最好部分，全部來自英國，拷貝的是二十年前的BBC版《紙牌屋》。至於美版自己發揮的那些地方，都因為過於好萊塢化而損害了這部電視劇的水平，而我覺得，這種損害會持續發酵。

就《紙牌屋》來說，BBC版三季共十二集，後面兩季分別叫《玩轉國王》和《最後切牌》，此劇多次入選各種最佳英美劇，主演理查森可謂功不可沒。電視劇中，理查森不斷面對鏡頭直接對觀眾倒出自己的一肚子壞水，這種戲劇舞台上常用的手法本來很難用於電視劇，但理查森拿捏得多好，沉穩、大氣又無恥，沒有幾十年的莎劇演出經驗，理查森想不出這樣的演繹，做不到這樣的張弛，相比之下，史帕西的獨白雖然夠華彩，但畢竟有用力過度的痕跡，所謂側漏。

美版側漏的地方很多，比如，為了把原來的迷你劇拉長，美版給史帕西的老婆加了很多好萊塢式因素：她漂亮，她自己開一家和老公工作有微妙關聯的公司，她有一個藝術家情人等等。更讓人受不了的情節是，她竟然會為了區區二十萬去糊掉老公的一手好牌，而且，一季末了，她莫名其妙想在更年期到來的時候要個孩子。

真是討厭好萊塢的這種“偽人性”，為了給女主人公一些“女性意識”和“女人氣”，完全不顧一部政治劇的情節走向，而配合着這種陳腐氣，定時炸彈一樣的女人越來越成為此劇的敘述重點。

BBC版不是這樣的，雖然第一季有美女小記者，第二季有天才小秘書，第三季也有民間小清新，而且三個小女人也都嚴重甚至致命地威脅到首相的政治生涯，但是會栽在女人手裏的政治家還能成為黑色偶像嗎？NoNoNo。就憑一句既正式又赤裸的台詞，理查森輕易把她們搞到手，然後，一旦危機出現，理查森輕易把她們處理掉。第二季是三部曲中比較弱的，但是看到理查森給小秘書安排的死，我非常邪惡地感到痛快。不是我的良心給黑了，而是我實在討厭美劇這種拿住胡椒粉撒出一桌菜的作風。

因此，儘管英版中女人也不少，但骨子裏，你會發現真正決定理查森命運的，還是他的政治能力，他玩紙牌的能力。同樣的，能和這種主一起生活幾十年的，必須得是馬克白夫人，而不可能是美版那種有自己追求的老婆。還用紙牌做比喻的話，美版的女主最多是紅桃Q，英版的女主才是支撐男主的黑桃皇后，而且，男主人公最後的輝煌歸宿，全蒙她一手締造。

看到第三季結尾，我對英版真心膜拜，因為英劇背後，真的站着莎士比亞；而美版，美版背後有什麼呢？用他們自己的權威劇評人史坦萊的話說，編劇有時連索爾金的水平都沒有。索爾金是好萊塢最炙手可熱的金牌編劇，但是，他和莎士比亞之間，差了多少個陸川，用理查森的經典句子來說的話，我們不予置評。

最受歡迎的男人

豪闊的神秘女孩艾米莉索恩，突然在權貴聚散的海濱小鎮漢普頓買下一幢別墅，很快，她進入該地上流社會的核心圈子，即由女蜂王維多利亞主持的格雷森家族。所謂談笑間灰飛煙滅，説的就是艾米莉的行事風格，她一邊拿下格雷森家族的大公子丹尼爾，一邊展開越來越有血腥味的復仇。

ABC推出的《復仇》(*Revenge*)已進行到第二季，本劇號稱改編自《基督山伯爵》，但是我看到現在，《靚太唔易做》(*Desperate Housewives*)有了，《妙警賊探》(*White Collar*)有了，《逃》(*Prison Break*)有了，再加上，裏面還晃動着《24》的演員身影和陰謀黑洞，所以，《復仇》可以説是大雜燴，既要展示上流社會的奢華度量衡，又要表現閨蜜搶老公互相拆台；既要扣主題讓女主在復仇路上越走越遠，又要講溫情讓女主在感情路上望見星空；既要將腹黑進行到底，又要把家庭架在那裏，搞得《復仇》的台詞有時特深刻，類似“毀滅人的方式有兩種，一是吞噬你的願望，二是實現你的願望”，有時又特校園，小男生小女生一相愛就是睡不着。

兩路風格的不平衡有點像《一代宗師》，準備了十多年的復仇女，一邊很高端地指揮各種國籍高帥富技術男江湖忍者，一邊卻很弱智地拿張大照片，殺人前用紅筆劃圈圈，殺人後再用紅筆劃叉叉；能揭示她全部秘密的木箱子，她就擱在開放式的別墅裏，但是稍微能引起一點懷疑的線索，她會馬上去做清掃工作。反正一句話，此劇水平忽高忽低。而我，化了大半個星期，披星戴月看完一季半，看着鏡子中鼻腫臉腫的自己，也問自己，是不是有點弱智啊？

到《復仇》論壇轉悠一圈下來，我倒釋然了，是的，我承認，我跟網上很多美劇迷一樣，一路把《復仇》看下來，是想知道艾米莉最後和高科技好基友諾蘭有沒有化學反應。

這麼說吧，《復仇》把故事編到現在，已經不是撲朔迷離或者山重水覆可以形容，一般情況下，電視劇跳過一兩集看完全不用提示，有些國產連續劇我跳過十集也不用前情提要，但是《復仇》跳過十分鐘有時就接不上頭了，快節奏最初是此劇的優點，尤其第一季一集幹掉一個，看着蠻過癮的，但是到後來陰謀越來越繞，人物越來越雜，我也放棄了對復仇線索的梳理，甚至，我想，《復仇》編劇組也懶得梳理那些BUG了，而隨着諾蘭的民意越來越高，從第二季開始，編劇們開始不斷在艾米莉和諾蘭之間設置障礙，搞得互聯網上一片祈禱：讓女主和諾蘭在一起吧！

諾蘭不是此劇的男主角，但是前後兩季，有哪個男主角比諾蘭的人氣更高？如果網絡票選一下，他一定可以當選最受歡迎的男人。

他是麻省理工畢業的怪才，錢多到不知怎麼花，他雙性戀，他知恩圖報，就因為艾米莉的父親當年照顧過他，他現在願意為女主做任何事，駭客竊聽這種高科技事情本來就是他的專業，做來順手，為了女主，他甚至犧牲色相和同性戀小騙子調情到上床，為了女主，他挨了打以後還去練拳擊，女主對他揮來喝去他都笑笑，他偶爾有點表示女主從來不假辭色，他有他的道德和尊嚴，但是遇到女主全部蒸發。孫悟空在唐三藏面前還玩花招，他對女主沒有一點隱瞞。人前他是2B青年，朋友面前他是文藝青年，女主面前是普通青年，這麼好的男人，別說女人喜歡，男人也喜歡的吧？

不過世界上一定沒有這麼好的男人，所以 Nolan 的粉絲很多很多，而這個，也許就是“復仇”的題中之義，或者說，這是電視劇為我們向人生復仇。

毀三觀的“波吉亞”

歷史劇不是美劇的強項，但是《波吉亞家族》(*The Borgias*)有兩大廣告。首先，它是歷史劇，但更是黑幫片；其次，它的創作班底很歐洲，尤其主角謝洛美艾朗斯算得上當今最有眼神的老男人。

兩季《波吉亞家族》沒有令人失望，就像艾恩斯總能令人欲罷不能。而當我回頭思考《波吉亞家族》到底好看在哪裏時，我發現，這部劇其實跟我們的歷史劇一樣，篡改歷史很放鬆，控訴起來也會叫人滔滔不絕，比如編導為了設置一個和教皇家族構成對立面的人物，教宗儒略二世(Ginlinano della Rovere)活活地從歷史中的“戰神”成了電視劇中的“聖人”，這樣的顛倒或者說添油加醋很多，教皇亞歷山大六世兩個大兒子的排序也被顛倒，歷史上他們幹過的事或者生過的病亦被張冠李戴，反正，對文藝復興感點興趣的人，看到一個個熟悉的人物魚貫而出，會很興奮，但看到凱撒爾居然讓卡特琳娜給泡了，還是會忍不住罵句他媽的，這就像，《銅雀台》裏，曹操讓貂蟬的女兒給泡了。

曹操和貂蟬的女兒有一腿，我們很崩潰，但是，槽點多多節奏不快的《波吉亞家族》為什麼卻叫人由衷地期待第三季？

網友說，這部劇挑戰了我們的三觀，我們的世界觀、人生觀、價值觀面對第一代黑手黨家族種種血腥行為，發生了一些自己都不可以直面的變化。

是這樣。純粹從電視劇《波吉亞家族》本身看，教皇亞歷山大六世是個赤裸裸荒淫又無恥、毒辣又殘忍的羅馬最高統治者，而他的對立面，紅衣主教朱利安諾德拉羅韋雷就像教皇自己對他所評價的，是整個教廷唯一純潔的人。但問題是，在朱利安諾一次又一次不停地試圖推翻教皇的過程中，我們都政治不正確地越來越討厭這個人，尤其最後，當他招募義士去向教皇下毒時，觀眾恨不得提示無惡不作的教皇，親，要小心！

沒錯，這種觀影經驗也發生在我們看希治閣電影的時候。《驚魂記》中，汽車旅館老闆諾曼殺掉瑪麗安後，他打掃現場，地板擦乾淨，馬桶抽乾淨，房間弄乾淨，他弄啊弄，弄到後來，看到他把最後的蛛絲馬跡打掃掉，心裏鬆口氣。《波吉亞家族》的攝影很會使用這種邪惡的希治閣鏡頭，扮演教皇的艾恩斯也的確能用眼神傳遞穩當當的邪惡力量。不過，光靠希治閣式鏡頭，教皇還吸引不了那麼多觀眾。那麼多觀眾，也不會在網上呻吟，三觀坍塌！

《波吉亞家族》最終讓人三觀坍塌的秘訣在哪裏？我覺得，此劇的編導真正掌握了黑幫片的訣竅，那就是，只有徹底黑化，才能贏得觀眾。於是，教皇黑了，凱撒爾黑了，然後，全劇的天使盧克萊齊婭也面臨黑化。就像無惡不作的理查三世贏得美學尊敬一樣，血腥的波吉亞家族也讓觀眾上癮。

波德萊爾也許會説，這是惡之花。不過，對於孱弱的當代觀眾來説，我覺得我們對徹底黑化的需要，可能倒是因為，在一個沒有英雄的時代，在一個激情消散的年代，我們只有藉着黑色人物重新回憶什麼是“力量”，什麼是“意志”。所以，相比軟不拉嘰的《銅雀台》《王的盛宴》，我倒不反對多幾部“毀三觀”的《波吉亞》。而説到底，這年頭，真正有三觀的人也不多。

向英劇學什麼

《唐頓莊園之聖誕特輯》(*Downton Abbey,* Christmas Special 2012)落下帷幕，網絡上遍地呻吟。二〇一〇年，吉尼斯評選《唐頓》第一季為最受好評的電視劇，全球沒有異議。網絡上，看到“大小姐和大表哥”，我們知道，那是當今最受歡迎的虛構人，唐頓的瑪麗和馬修。

《唐頓》的主線故事很傳統，鐵達尼出事，讓伯爵家出現了新的繼承人。中產階級大表哥對貴族階級大小姐一見鍾情，但彼時大小姐還是女唐璜，然後一戰爆發，小姐失過足，表哥定過親，戰爭結束，滄桑走過，倆人在一九二〇的新年舞會裏重新攜手。

這樣的英國故事，打開任何一部電視劇，都有。傲慢與偏見，是所有電視劇的題材和語法，而且，ITV打造的唐頓世界，就意識形態而言，簡直有反動的嫌疑，那麼奢華精緻的貴族世界，那麼秩序井然的等級社會，中產階級大表哥在完成他的貴族轉身後，顯得更加賞心悅目；反叛的三小姐，雖然嫁給了唐頓的家僕，但是這個愛爾蘭小司機不是個普通人……

總之，如果要批判，《唐頓》也罄竹難書，光是意識形態的“先進性”，《唐頓莊園》可能還輸給《還珠格格》，但是，《唐頓》穩穩取消了我們的政治覺悟，穩穩地把我們變成了文化保守主義者，憑什麼？

第一季開頭，我們在一句對話中知道，唐頓主人格蘭瑟姆伯爵娶親，是看中了美國太太的錢，那麼，這門親事結局怎樣？臥室裏，伯爵問夫人：“這麼多年我讓你快樂嗎？”夫人什麼都沒説，回一個親密的微笑。這是倆人之間最親暱的段落，也是伯爵的抒情時刻。所以，如果要問，我們能向英劇學什麼？我會説，把四十集的篇幅減到十集！因為多出來的三十集，比如就《唐頓》的故事而言，在格蘭瑟姆身上，我們的導演就至少能多搞出八小時，表現伯爵和狗用半集，表現伯爵和大女兒、二女兒、三女兒，三集不嫌多，表現伯爵和夫人的感情歷程，比如前面這段戲，倒敘個二集必須的。但是，英劇用“節制”為全球電視劇示範了美學準則，也用“節制”重新為英國貴族打造墓誌銘。

大小姐瑪麗聽説大表哥突然訂親，擱到我們的大宅門裏，不知得碎多少花瓶，得糟蹋多少燕窩，但是，《唐頓》只給了瑪麗幾秒鐘調整神色。貴族莊園裏，眼淚是僕人流的，失態是僕人犯的，甚至，最激烈的抒情也屬於僕人，貴族絕不即興悲哀，絕不亂掉方寸，一句話，決不淩亂。而對一個電視劇觀眾來説，這種“節制”和“節約”，不僅是對我們智商的看得起，更是對我們閱歷的讚美。這方面，《唐頓》編導真是聰明極了，他們要我們喜歡的人，一定是那個在鏡頭中最有控制力的人。

天下這麼亂，故事這麼多，唐頓階級所代表的冷靜和克制，不僅是我們人生的方法論，而且，你看，他們伯爵一家三代，隨口莎士比亞隨手慈善義舉，聲色不動又風月盡收，如果這個世界註定不平等，那麼就讓這樣的貴族過得比我們好吧。所以，長遠的看，掌握不了電視劇的鏡頭倫理，你就掌握不了群眾。這原理，還真是值得我們的電視劇編導學習。

這麼説吧，比如，咱們編導想讓毛主席周總理顯得特別了不起，不必非得去表現他們跟貧民拉半集的家常，相同的原理，如果想表現咱貧民特別愛主席，也不必非得讓他們在鏡頭前抹十分鐘眼淚。所謂鏡頭用老，姑娘十八變八十。看了一百年的影視劇，觀眾懂的。

唐頓的錢

《唐頓莊園》第三季，雖然沒有第一季那樣全球同熱，但依然有足夠的動力讓人一口氣看完。

大表哥和大小姐終於在全世界觀眾的期待中訂下終身，但和婚禮同時出現的是，經濟問題。因為格蘭瑟姆(Grantham)伯爵投資不當，唐頓面臨易主的命運。晴天霹靂時刻，奧斯卡金牌編劇朱利安菲羅斯(Julian Fellowes)回天有術：大表哥抽到人生的第二個大獎，他死去的未婚妻家的巨額遺產落到了他頭上。

大表哥當然不能接受這筆遺產，因為未婚妻與其說是死於流感，不如說是死於心碎。小白兔一樣的未婚妻，病危時刻，看到大表哥親吻大小姐。所以，馬修斬釘截鐵地對瑪麗說，不，我絕對不能接受這筆遺產。但大小姐瑪麗很快光火了，她譴責馬修，你就沒和我們唐頓一條戰線！

劇情發展到這裏，有點狗血了。但菲羅斯藝高人膽大，狗血的逆轉之後他繼續撒狗血，為了修復馬修瑪麗這對神仙眷屬之間的第一次重大裂痕，他讓馬修收到一封信，是前準岳父大人寫的，表明老人家是在知道馬修已經不愛自己女兒的前提下，還把他列為遺產受益人。看到這封信，瑪麗欣喜若狂。馬修呢，終於也就問心無愧。

這個情節引起大表哥粉絲的抗議，完美的馬修怎麼可能接受這筆錢！大表哥的粉絲不樂意，大小姐的粉絲更不高興，難道我們家瑪麗是那種人！

粉絲的不高興很容易理解，一百多年電影看下來，別說貴族主人公了，就算普羅小男女，遇到這種飛來橫財，即便開始有過心動，最後一定是一曲人性的讚歌。《百萬英鎊》就是一個典型例子。反正，銀幕上的金錢倫理一向是小文藝的調調，金錢只能帶來煩惱，藐視金錢才能擁抱愛情。好萊塢是這個調調，港台劇是這個調調，還有什麼地方不是這個調調呢？

莎士比亞以來的英劇其實一直不是這個調調。奧斯丁小姐更是對這種調調嗤之以鼻，BBC改編的奧斯丁電視劇，也都恰當地體現了奧斯丁小姐的財產詠嘆調。有十萬磅遺產的彬格萊先生是儀錶堂堂生氣勃勃，但在年收入一萬磅的達西先生出場後，他就不再是焦點人物。而且，《傲慢與偏見》表現得很明顯，伊莉莎白在見到達西的彭伯裏莊園後，放下了所有傲慢。

財產是什麼，那是女人的美貌男人的道德，英劇從來沒有掩蓋過這一點。在過於文藝腔的熒幕上，英劇的這點現實主義着實令人讚美，大家都不用裝純情，在這個世界上，愛情可以暫緩，但金錢容不得你喘第二口氣。而且，《唐頓》第一季，我們就知道，格蘭瑟姆伯爵的婚姻，也是因為金錢的壓力，是美國太太的錢讓他保住了唐頓。

所以，《唐頓》編導第一次向大表哥饋贈遺產，是為了挪平大表哥和大小姐之間的階級地平線；第二次再向他饋贈遺產，是給大表哥機會讓他在唐頓莊園一勞永逸佔據主動位置。唐頓故事如果要繼續，大表哥必須成為唐頓的第一號主人。用已故未婚妻的遺產救下現在老婆的唐頓，這筆錢雖然來得狗血，但是其中的倫理卻很有挑戰，如果大表哥和大小姐能夠在這個章回中用現實主義的金錢精神頂住百年影視的浪漫情挑，那《唐頓莊園》真的就能成為向奧斯丁和狄更斯致敬的作品。

可惜的是，前準岳父的遺書輕鬆打發了這個難題，小白兔的錢以僥倖的方式留在了唐頓，《唐頓莊園》還能拍下去嗎？我覺得有點懸，因為他們錯過了把大表哥從唐頓情人培養成唐頓主人的最好機會，畢竟，浪漫是屬於粉絲的，要成為唐頓的精神主人，大表哥的金錢教育少了成長的殘酷。

貂蟬女兒和神一樣的機器

我沒想到《疑犯追蹤》(*Person of Interest*)會越來越好看。剛開始看的時候，一集一故事，我跟周圍的朋友推薦，說它相當於《妙警賊探》，結構差不多，故事差不多，水平也差不多。二十一世紀，雙男主角，聯手破案，前現代基情，後現代科技，還能怎麼樣？

不過喬納森諾蘭不愧是《記憶碎片》和《黑暗騎士》的編劇，從第一季第十集，也就是一般電視劇出現疲軟的時候，《疑犯追蹤》顯示出了強勁的上揚潛力，而到一季終了，小喬更展示了他蝙蝠俠一樣的爆發力，散出的支線一一回收，埋下的伏筆紛紛打包，警局，CIA，黑幫，駭客，政府等多股對我們的主人公構成威脅的力量各自就位，等待第二季再出發。

秋天等來第二季。為了追求更大的享樂，我準備兩集一看，心癢難忍的時候，我看了和《疑犯 2》同時出場的兩部華語電影，《銅雀台》和《危險關係》，想着這麼多明星，也許養眼。

當然，最後還是，爛片！爛片！貂蟬女兒抱着太監戀人從懸崖上跳下去，一代梟雄曹操以情種的身份趴在懸崖上哭天搶地大叫“不要——”，《銅雀台》就這麼結尾。看到這裏，尼瑪我真的想跟編導說，能不能再有想像力一點，索性讓曹操跟着貂蟬閨女一起跳下去！

天蒼蒼野茫茫，曹操要從墳墓裏爬起來，先得把這些給他塗奶油的傢伙幹掉，二十年來的中國電影，只要拍到梟雄奸雄黑道大腕黑幫大佬，無一例外給他們添加文藝腔，讓他們深情到變態，苦逼到自虐，這個，就是我們的最高想像力。《危險關係》也是這樣，最後，上海灘頭號花花公子突然意識到自己愛的是端莊女子章子怡，於是他告別危險女人張柏芝，奔赴章子怡。巧也巧，壞男人覺悟的一刻總是很悲壯，大馬路上他遭遇從前他玩弄過的女孩的戀人的槍擊，但是，愛情的力量是這麼巨大，他終於爬到了章子怡家門口。

花花公子的體力大概是好的，上海灘上的老百姓都死光了嗎，血淋嗒滴的張東健能一路爬到章子怡家，只能說明，我們的編導都是科幻愛好者。

那麼，什麼是真正的科幻，讓《疑犯追蹤》來給爛片編導上上課吧。真正的科幻，設的一定是大局，也就是說，想像力，得用在開頭。《疑犯追蹤》中的“機器”，每一集故事的啟動者，發展到現在，已經像IT一樣可以和宅男爸和特工爹對話了，要說科幻，它比貂蟬女兒科幻多了，但是，觀眾有一分鐘覺得它狗血嗎？在影視劇開頭就登場的想像力，即便功能比肩上帝，只要之後有扎扎實實的細節支撐它，永遠不會輸。相反呢，前面搞得真的似的曹操，高瞻遠矚，辣手催人，突然到結尾的時候，編導的想像力奔放起來，讓他對傳說中都不曾出現過的貂蟬女兒直接抒情，我們觀眾真心下跪了。

回到《疑犯追蹤》的"機器"。這台神一樣的機器來自想像力，落實想像力的是編劇的故事能力和細節功夫，但真正支撐和彙聚起這部電視劇氣場和人氣的，還是這"機器"所定義的當代生活，那無所不在的既能保護我們也能強暴我們的"鷹眼帝國"，因此，當我們的影視劇重新學習"想像"這種能力的時候，得明白，任何想像任何科幻都應該能向生活回落。明白這個道理，曹操泡上貂蟬閨女這種科幻片，可以自己了斷了。

猛女難當

一晚上看到兩新聞。一個發生在英國，BBC的一名五十歲男記者，五年前被一名女同事盯上，多次對他性騷擾，投訴無門，絕望的男記者自殺身亡。另一個發生在武漢，大三女生在公交站等車的時候，發現手機被偷，她迅速找到小偷，不但追回了被偷的手機，還向小偷索賠到三十元打車費，因為小偷讓她誤了公交。

兩新聞在網上傳得很熱烈，各種跟帖各自勵志，這樣半夜看《國土安全》(*Homeland* 港譯《暗戰》)第二季，看女主角凱莉麥迪遜(Carrie Mathison)在貝魯特大街小巷像"永遠的小強"包智傑一樣馳騁的時候，我簡直有點疑心猛女時代要來臨。

《國土安全》在今年的艾美獎上風光無限，不少朋友調侃我和奧巴馬一個口味，因為奧巴馬自稱看電視劇的口味比家人"黑"，和女兒們一起，他看《摩登家庭》(*Modern Family*)，但他個人最愛是《國土安全》。白宮宴會，《國土安全》的男主角路易士和《藝術家》裏的小狗烏吉一起當過嘉賓。

《國土》第一季結束的時候，我們知道，在伊拉克關了八年的美國海軍中士尼古拉斯布羅迪(Nicholas Brody)已經成了穆斯林，回國為基地組織效力；並且，在和CIA最聰明強悍的女特工凱莉的鬥智鬥勇鬥情中，他完勝對方且由此開始進軍政壇。這樣的前情提要，足夠把一個反恐迷撩撥到第二季吧！

終於，新季登場。毫無懸念地，被CIA 掃地出門的凱莉重新受命，遠赴貝魯特去和重要線人接頭。重返戰場的凱莉表現出了明顯的亢奮，雖然受她最信任的導師索爾貝倫遜(Saul Berenson)的直接領導，但在第一次行動中，她就沒有聽從索爾的指揮，在被跟蹤的情況下，她選擇直接打擊跟蹤者，選擇單獨和線人約會，甚至，在即將撤離前，不顧眾人反對，涉險回到最危險的地方。當然，為了平衡她在第一季所受的委屈，凱莉在第二季開頭的所有冒險之舉都被證明物有所值，不僅為CIA立下汗馬功勞，也為自己的職業生涯重新點燈。但是，她堪比小強的能力受到真正的讚美嗎？連她自己的姐姐都認為，你說你去貝魯特是因為愛國，但很大程度上就因為你想去。

躁鬱症患者凱莉是真的想去，這個，本來倒在第一季開闢了《國土安全》與《24》這些反恐劇不同的面向，不過，在關於《國土安全》的民意調查中，很多觀眾表示不喜歡這麼偏執這麼猛的女特工，尤其，她可以為了工作動用自己的身體！所以，第一季末尾，凱莉接受的電擊治療，與其説治的是她的精神病，不如説治的是她的強悍本能。咳咳，想想在這個行業中動用過無數次身體的007，在這個行業中無數次狂躁過的包智傑，凱莉不受歡迎的原因恰恰是他們獲得掌聲的理由，“馴悍記”長演不衰的道理也就不言而喻。

事實上，第二季看到第五集，我們基本能預測，凱莉的猛女時段即將告罄，不僅因為她的對應物 Brody 中士在這一集真正回歸“Homeland”，不再和凱莉構成對立面，更因為，電視台必須重視民意對猛女的拒斥。所以，如果布羅迪在第二季“過早地回歸祖國”可以歸功於此片的超級粉絲奧巴馬，那麼，凱莉回歸女性則依然是影迷意志，或者説，時代規約。畢竟，英國女和武漢女在網上成名被網友膜拜，不是真的喜劇，這兩個新聞笑話一樣在互聯網上傳播，不過説明，猛女難當。

天大的秘密

繼杜甫包公走紅網絡後，最近，電視劇《神探狄仁傑》成了熱門搜索。狄仁傑的衛隊長全名李元芳，李雖然是武將，卻心思縝密推理能力強大，這樣，狄仁傑每遇棘手案件，都會回頭問衛隊長："元芳，此事你怎麼看？"

《神探狄仁傑》播出四季，這句台詞廣大觀眾耳熟能詳後，終於"元芳，你怎麼看"成了網絡熱詞。莫言獲諾貝爾文學獎，網友問，"元芳，此事你怎麼看？"日本自民黨總裁安倍晉三在釣魚島問題上態度強硬，網友問，"元芳，你怎麼看？"學生被逼到富士康打工，學生駕車撞死五人，學生跳樓自殺，網友都問，"元芳，你怎麼看？"

《神探狄仁傑》中，狄仁傑問完這句話，元芳的標準回復是："大人，此事必有蹊蹺！"或者，"大人，此事背後一定有一個天大的秘密！"

所以，雖然凡事問元芳，是對《神探狄仁傑》的一個善意惡搞，但其背後的社會動因卻多少包含了二十世紀的一個政治因果：這個世界貓膩多。

貓膩到底多少？新鮮在播的美劇《破釜沉舟》(*Last Resort*)試圖給出最高級回答。《破釜沉舟》雖然至今只推出三集，但第一集出場就引發了無數尖叫各種驚豔：美軍內華達號核潛艇接到上級命令，要求他們向巴基斯坦發射核彈。艦長因為這個命令來得蹊蹺，沒有服從。如此，內華達號就因叛國罪而遭攻擊，不得已，艦長以艇上剩下的十七個核彈為武器實施嘩變，指揮潛艇來到太平洋上的聖瑪麗娜島，奪取北約在該地的監測站後，宣佈成立世界上最小的有核地區，藉此和白宮談判。

這的確是我看到現在最大膽的美劇開場了，四十分鐘氣勢磅礴，頗有揭櫫美劇新局面的架勢。《24》也有核彈威脅，也有總統奸謀，但是《破釜沉舟》卻是國家對抗，編導試圖索解的，令人感覺真正是"天大的秘密"！可惜的是，第一集引發的高潮在第二、三集中馬上表現出了疲軟和拖沓，開頭出現的國際風雲渙散了，整個第三集就是小島爭端野外生存，"巴基斯坦"和"核彈"，成了最大的噱頭。也就是説，憑着二、三集的表現，《破釜沉舟》最多也就是升級版《迷失》。

當然，作為美劇，《破釜沉舟》一定不會真去顛覆美國形象，電視劇片頭定格的"星條旗"就是這部電視劇的一個意識形態誓言，由此也可以想像，那個存在於現實政治中的“天大的秘密”勢必繼續保密。這個，大概也就是天南地北網民永遠要問“元芳，你怎麼看”的原因了。

必有蹊蹺啊必有蹊蹺！有些人貪污幾千萬坐四年牢，有些人偷一輛助動車坐四年牢，雖然可能有些秘密真正解鎖的時候，我們會發現，人頭馬世界的確也有苦衷曲折，但是，問題的核心是，為什麼咱老百姓都天然地和元芳一樣聰明，都能在第一時間反應出，“此事背後一定有一個天大的秘密！”

這個，才是本世紀要面對的最大秘密吧。

不要穿成這樣就死了

六十四屆艾美獎剛剛落幕，劇情類獎項是《國土安全》的天下，喜劇類呢，《摩登家庭》的宴席。去年大熱的《唐頓莊園》今年只拿了一個最佳女配，腐界人民的首席代表夏洛克和華生則顆粒無收，很多媒體因此報導，英劇要在美劇世界裏分一杯羹，同志還需努力。

夏洛克同志當然應該繼續努力，《新福爾摩斯》也是我個人最期待的英劇，不過，關於艾美獎，我的感覺是，以後的艾美獎會越來越是美劇的天下，英劇再努力也沒用，因為美國的國家利益至上已經無微不至。

艾美獎開場，據説主持人 Jimmy Kimmel 脱口說了句讓很多中國人生氣的話，大意是，優質電視節目是中國人唯一還沒學到手的美國產品。我在微博上看到，很多網民因為這句話對艾美豎中指，大罵美國對我們的公然調戲。美國自我感覺良好由來已久，更多的挨罵挨打還在後頭，《穆斯林的無知》(*Innocence of Muslims*)只是個開頭。不過，脱口秀主持人的這句話如果反過來理解，我倒是覺得，美國的文化自信已經大大下調，早個二三十年，輪得到電視劇出來為美國掙臉蛋？由此也可以想見，以後的艾美獎，更會是美國意識形態的文化地標。

而美劇，說句公平話，雖然其原創性越來越衰，《國土安全》用的舊題材，《摩登家庭》乃老劇新季，但其精良的製作，對於粗糙的中國電視劇，依然有強烈的示範作用。用“師夷長技以制夷”的訓示，該學的我們還是應該學。

就說《摩登家庭》，拍到現在第四季了，人員沒增加，劇情沒嘩變，依然是以三個家庭為主軸的情景劇，但粉絲有增無減。首先，此劇的人員設置，最大程度地照顧了各類人群，父親家富翁美女老少配，一個繼子添加家庭融入和移民融入問題；女兒家三個孩子各自天賦各種煩惱，最典型美國中產家庭；兒子家是同性戀伴侶加一個收養的亞裔孩子。不過，這個大家庭，表面上是十來個家庭成員的各自“摩登”，包括媽都是太妹出身，但骨子裏卻是大家對家庭生活的共同守護，就連最摩登的同性戀家庭，主戲亦是孩子的養育問題，兩伴侶之間的矛盾煩惱，也是普通家庭的遭遇。總之本質上，這是一出各種保守各種愛的溫馨家庭劇，比如遇到小地震，三個家庭立馬彼此電話。

那麼，劇組如何扣題“摩登”呢？全憑風格和台詞。

《摩登》三季，給我印象最深的是其偽紀錄片風格，Mockumentary 聽上去蠻前衛，活地阿倫這些人喜歡玩的，其實玩得最好的還是我們自己的各家衛視，在眾多訪談類節目中，對着鏡頭大哭大笑的，不是常常被爆出是特邀群眾演員嗎？《摩登》倒轉衛視做法，戲中人每逢尷尬事，導演就讓他們像訪談嘉賓一樣，對着觀眾談一分鐘體會。舉個例子，囧人 Phil 奉老婆之命去嚇退大女兒的追求者，結果被年輕小伙子抱下戰場，鏡頭一轉，Phil 卻對着鏡頭侃侃而談自己"眼神殺人寶典"。這種剪輯很歡樂，不僅有效遏制了庸俗橋段走到底，而且大大增加人物喜劇性。

《摩登家庭》沒大事，全靠細節台詞撐場子，同性戀伴侶出門去化妝派對前遇地震，一起躲在桌子底下，一個對另一個說，我們最好不要穿成這樣就死了，否則人們又要借機攻擊同志群體了。美劇到家就在這些小地方，我們的電視劇如果能在細節台詞上做足功課，不要搞得一個教授的板書也像小學生的塗鴉，那麼，金鷹獎典禮上，我們就可以回敬艾美獎，否則，"穿成這樣就死了"，讓人攻擊也難免。

因為叔叔想

花了一個星期時間把《妙警賊探》(*White Collar*) 三季全部看完，看完以後有些惆悵，又到豆瓣天涯等貼吧去晃了一圈，發現女性角色中，最受歡迎的是伊莉莎白，最受批評的是美女莎拉。

《妙警賊探》故事說新不新，說老不老，一流特工搭檔一流騙子，FBI的破案率直線上升。四十來集，每集一案，擱《24》中，所有這些案子頂多就是個前奏或插曲，但是，我們巴拉巴拉看下來，為了不想錯過特工皮特和騙子尼爾之間的每一句對白和每一個眼神。

是了，你看出來了，此劇有點腐。第一季結尾，尼爾準備和女友凱特一起離開，皮特趕到機場。

皮特：你跟誰都道別，為什麼不和我說再見？

尼爾：我不知道。

皮特：你很知道。來，說出來。

……

尼爾：因為你是唯一能讓我改變主意的人。

聽到這句“唯一”，觀眾真是太甜蜜了。所以，美女莎拉試圖把尼爾據為己有，我們不爽。皮特老婆伊莉莎白總為他們兩人潤滑，我們開心。歐，在這個世界上，最好的電視劇主人公不再是一男一女，而是男男組合。這個，你要説觀眾喜歡腐也可以，我自己也是在等待福爾摩斯和華生第三季的百無聊賴中看上《妙警賊探》，不過，男男組合的現代引力，用劇中的台詞，我覺得其社會基礎是，“它經典”。

這麼説吧，我小的時候，基本是看不到父親的，雖然他也不過就是個中學校長。常常，父親剛進家門，我母親飯還沒端出來，家門口就有男高音叫“校長”，我媽一點脾氣沒有，把自行車鑰匙往我父親手中一塞，就又送他出門了。我外婆抱怨一句，這樣下去胃還不弄壞，但臉上的神色是光榮的，彷彿父親在國務院供職。

這個，不僅我們家如此，我們鄰居家如此，我們的電影中也是這樣，多少個鏡頭裏，男人對抱着嬰兒的媳婦説，我這一走還不知什麼時候能回來，你在家好好帶孩子；然後，男人和男人一起大踏步離開。雖然事情在女性主義影像學介入後，有了很大改觀，比如，資本主義熒幕也好，社會主義銀幕也好，我們都有了類似莎拉這樣對男人有支配力的工作狂美女，可是，美女莎拉敢跟小伊姐比人氣嗎？尤其，莎拉和尼爾滾床單以後，天南地北無數觀眾呻吟：美女，拜託，你什麼時候能退場！

就事論事地說，莎拉在各方面都配得上尼爾，美麗高雅聰明又能幹，但是，莎拉的出現嚴重威脅了“經典範式”，也就是說，在皮特和尼爾之間，她不僅是感情上的第三者，也構成了形式上的第三者。而小伊姐就不一樣了。每次，她和老公在一起，看着為尼爾操心的皮特，她不但不抱怨，還總是為尼爾解釋這解釋那；尼爾不打招呼跑到他們家，小伊姐熱情招呼完就消失到樓上。天地良心，這樣的確很腐，但是，我們小的時候，媽媽不也總是這樣對待那個把父親叫走的男人？

所以，當代女性，如果你沒有小伊姐的氣度，那麼，別指望會在觀眾心中活過兩集。 皮特和尼爾一路接受觀眾的祝福，當然因為他們都足夠甜蜜，但同時，也因為他們是在事業中甜蜜着。

《妙警賊探》第三季裏，小蘿莉問皮特叔，尼爾的腳環是誰送的，我的是爺爺送的。這個腳環，是FBI跟蹤尼爾的監視器，但皮特回答說，他這個，是我送的，因為叔叔想留他在身邊。歐，我們喜歡有這樣的男人共同守護我們的平安，經濟蕭條的年代，觀眾愛看聯手打天下的男人。

家政婦三田

回上海，高架一路都是上海電視節廣告，錦旗獵獵，讓人幻覺中國電視跟中華香煙一樣牛逼了。不過，看過開幕式看過宣傳片，你會覺得咱這國際電視節遠沒到中華煙水平，頂多一紅雙喜。

不說國產劇，各類最佳還沒揭曉，來看海外電視劇。海外劇的獎項是在開幕前揭曉的。“白玉蘭”金獎歸英劇《唐頓莊園》，銀獎歸日劇《家政婦三田》和韓劇《捧日之月》。

今年《唐頓》拿獎已經到手軟，所以，這個白玉蘭金獎雖然連外星人也不會有異議，但私心覺得，這個獎無論對《唐頓》還是對白玉蘭，都沒啥意義，因為《唐頓》得獎不會傳達白玉蘭的傾向，而白玉蘭的肯定也不會讓《唐頓》興奮。

老大身上看不出爹媽性格，那就看老二。韓劇我沒興趣，便選了銀獎日劇《家政婦三田》看。本來，除了“大河劇”，我已經很久不碰日劇，不過，好歹主演松島菜菜子也算我們中國熒屏好朋友，我就化了一天時間把《家政婦》給看了。看完以後什麼感覺呢，網絡上的一句簽名最能表達我的心情：歐洲杯要來了，我支持湖人隊，因為裏面有姚明，他跨欄那麼厲害，基本不用搶七就能一杆清枱的，她的反手擊球也很強，而且過彎很流暢，入水都沒有水花的！

《家政婦》典型狗血劇，阿須田先生因為婚外情導致了老婆自殺，四個沒媽的孩子和一個不擔事的爹在同一屋簷下狼奔豕突的時候，萬能的家政婦三田到來。三田什麼都能幹，聰明才智絕對入選職業特工隊小組，劃拳屢戰屢贏，投籃百發百中，玩魔方刷新世界紀錄，還能幫孩子去殺人，能學各種人的聲音，不過呢，她始終機器人一樣生硬，從來不笑，從來不多說一句話。總之，她只執行命令。所以，幾乎在一開始，我們就知道，這是一出治癒系電視劇，最後一定是不會笑的笑了，狼奔豕突的關係和諧了。

劇情的確如此發展，阿須田家因為三田，重新步入正軌，而四個孩子的熱情，也終於讓三田講出了自己最悲劇的人生：爸爸死，老公死，兒子死，弟弟死，就因為自己是掃帚星，所以這輩子不能笑了。然後，四個孩子就請求三田當他們的媽媽，三田答應了。戲拍到這裏差不多該結局了，不過，這個戲的收視率突然又飆到新世紀最高峰，於是，編導從三田手裏收回幸福的霎那可能，她忘不了過去離開阿須田家到另外一家去當家政婦，結果如何，等第二季。

《家政婦》的劇情其實蠻典型日劇，但編導的強大就在於，過彎流暢，沒有水花，比如，三田的能力在一開始就被刻劃得比較科幻，這樣她一會姚明一會劉翔，觀眾並不介意，另外，三田的萬能狀態，也能影射出當下日本的社會生態，包括無能的男人，亂倫的家庭這些主題。因此《家政婦》在日本創下收視記錄不算特別意外，尤其是在日劇不景氣的年代。

但白玉蘭銀獎是什麼意思呢？《家政婦》對中國電視劇的繁榮有意義嗎？我的感覺是，白玉蘭銀獎的主要理由就是，此劇在日本的超一流收視。可是，憑着這種以收視為核心價值觀的獎項指標，上海電視節能打造出自己的性格嗎？而且，在我們自己的狗血橋段越來越氾濫熒屏的時代，《家政婦三田》這種劇受到表揚，我懷疑接下來，就不是姚明入場歐洲杯這麼簡單的情節了。

第四輯

能接受的和不能接受的

“史上最貴電視劇”《楚漢傳奇》開播以來，網絡兵分兩路，鮮花口水，各種掌聲各款笑聲。目前看來，對於電視劇的最多吐槽集中在史實部分，搞得媒體跟着呼籲，讓孩子遠離歷史劇！

其實，就中國目前的歷史劇水平來説，我能接受劉邦項羽説話一會文一會白，這邊劉邦説“大丈夫當如是也”，那邊項羽問“你相信一見鍾情嗎”，這個，是通俗劇的普遍現象；我也能接受樊噲出場披肩髮，韓信出場披肩髮，虞姬出場披肩髮，只要披得好看，我們圖個養眼；甚至，我可以接受秦始皇很基情地給李斯餵肥肉引發趙高的嫉恨和淳於越的不滿，在歷史劇中設置基情也算是全球氣候，美國這麼幹，歐洲這麼幹，這是時尚，包括秦始皇時代的儒生用《三字經》當教材，趙高對李斯説的話是東漢孔融的台詞，我們就當穿越，這些，都沒什麼大不了。這麼多年國產歷史劇看下來，觀眾的接受能力也無窮大了，反正帝皇都是內心情癡外表斷背，歷史書上的壞蛋常常有一顆政委的心，歷史書上的好人則多是苦逼的命。

天靈靈地靈靈，我們真的能接受秦始皇的儀仗隊人人頂個雞毛撣子，臉上戴個面罩跟古羅馬舞會似的，這樣至少看上去鑾貴的。這些，可以接受。

但是，我們不能接受，秦始皇出場，于和偉依然掛着《三國》中的劉備臉，依然是那麼陰沉，依然是無限多疑索性化成了麻木。基本上，因為導演高希希把《三國》劇組搬進了《楚漢傳奇》，樊噲和張飛一模一樣，脾氣一模一樣，性格一模一樣，搞得我老把陳道明演的劉邦當劉備，把張良當魯肅，胡亥當曹丕，把項伯當許攸，而其中最最不能令人接受的，就是何潤東演完呂布，養出兩撇小鬍子，就跑到西元前裝項羽了。

這是個什麼樣的項羽啊，他的志氣全是通過別人的台詞體現，他本人則像卡通一樣低智商，比張飛或者說樊噲還魯莽還衝動，全劇最重要的一個角色，就這樣被聖鬥士何潤東一勞永逸送上動漫天地。

對手是聖鬥士，陳道明演的劉邦當然是要拿天下的。其實，最初開看《楚漢傳奇》，也是因為陳道明。《一九四二》中，陳道明演的蔣介石多到位啊，影史上的眾多蔣介石，他在外形上肯定是最不像的，但陳道明又是演繹得最像的，因為他舉手投足有說服力，張弛之間就把蔣介石的地位和尷尬全部呈現了。但是，看完《楚漢傳奇》第一集，我和很多觀眾一樣，感到二流子狀的陳道明真是令人難以接受。

這麼說吧，這些年下來，陳道明已經成了演藝圈中最大的知識分子，他的眼神，很文化；他的腔調，很文化。而在這個電視劇中，因為編導為劉邦設計了冗長的屌絲生涯，所以陳道明被迫裝混混跟寡婦風流，裝袍哥跟地痞周旋，但畢竟陳道明也有局限，雖然他一會丐幫一會青幫要無賴，渾身上下卻是文化貴族混底層，為了表現無賴，實際呈現了慵懶，作風派頭都很後現代。

因此，相比湯姆貓一樣的項羽，這個波德萊爾式的劉邦更令人痛苦，和我一樣接受不了的觀眾在網上哀嘆：明叔，您的節操啊！

為了明叔的節操，我很希望有關方面能出台一些類似車輛管理的演員限演令，比如，二十年只能演一次皇帝，十年演一次諸侯，以此類推，有鏡頭的群眾演員不能在一部戲裏又當匪軍又當共軍。

甄嬛傳

晚上在社區裏散步，一路聽到“古今癡男女，誰能過情關”，連續幾天，搞得我終於也忍不住。開看《甄嬛傳》。

本來，像我這種前文藝青年，“清宮”加“後宮”，是怎麼也要裝不屑的。飯桌上，大家談的都是福爾摩斯，哪裏好意思説我在看四阿哥？各種宮鬥戲，今天來明天走，豆瓣上的分數，很少有超過6的。而且，這些“宮”字頭，跟網友總結的新聞聯播語法一樣，情節永遠是：不要，不要。要，要。不要，不要，要，要。

不過，《甄嬛傳》有些不同，用導演鄭曉龍的話説，“我拍的《甄嬛傳》是揭露現實，批判現實，宮廷並不是那麼夢幻的。”清純美麗的甄嬛十七歲入宮，幾經沉浮，幾度涉險，流產小產早產，蒙恩失恩斷恩，最後扳倒所有的後宮對手。但是，終於成為宮廷主宰的皇太后甄嬛，心如枯槁成了《金鎖記》裏的曹七巧。

遍佈大江南北的《甄嬛傳》粉絲，很多感嘆這部劇有《紅樓夢》的意思，尤其台詞好。説實在，這部戲的台詞在大量的無厘頭宮廷劇中，的確屬上流，劇中也直接使用了《紅樓夢》的一些口頭語，搞得後宮丫嬛的表現很有紅樓的調調，不過，主子系統和奴才系統用的是同一套詞彙，作為“高雅文化”的最高表徵，甄嬛、雍正、果郡王談情說愛，還是典型偶像劇表達。三十年前，李翰祥導演《火燒圓明園》，劉曉慶扮演的慈禧吸引咸豐，用的是非宮廷的小清新調調。三十年後，甄嬛傾倒雍正兄弟的地方，還是她的“民女”腔。甄嬛在後宮蕩鞦韆，假託果郡王的雍正過來把丫嬛支走，在甄嬛背後幫她推鞦韆，甄嬛發現後不行禮反嚷嚷：你推啊，推高點，我不怕。哎呀，她不怕，我怕，三十年宮廷劇看下來，顛撲不破的真理還就是，帝王都是民女控。

帝王愛民女，所以咱們民女愛宮廷，《甄嬛傳》做得最好的地方，還真是在這兒，鄭曉龍做出來的宮廷有了宮廷的意思。至少，這次我們感覺皇宮很大，而且，橫店那些顏色蒼白的宮牆，在以前的清宮劇中，就是原色呈現，但是，鄭曉龍在後期製作中，把白色宮牆全部修成了紅色。物質決定精神，細節成全大局，《甄嬛傳》裏的物質系統直接把這個劇帶入了豆瓣高分行列。其中有一場戲，雍正在皇后處用膳，因為皇后開講大道理，雍正棄筷而去，然後鏡頭一轉，我們看到，那塊被放棄的茄子跌倒在碗裏。

《甄嬛傳》中，有很多此類電影導演才肯化心思的細節表達，包括不斷更換的服飾、妝容、糕點和藥香，所以，儘管此劇的後宮爭鬥並沒有越出“不要，要”的情節編制，但是精細的物質表現使得原本虛空的人物有了具體的依託，美貌是電視劇的道德，物質就是電視劇的氣場，那些在後宮之間轉來轉去的首飾、花粉和衣裳，幫助大量重複的情節取得了收視，比如，此劇的流產小產數量可列入國劇之冠，本來可算電視劇一宗罪，不過因為導致流產的物質方式各各不同，搞得網絡上倒開出了討論專區。

當然，話說回來，一個《甄嬛傳》就讓四阿哥勞模一樣在後宮奔波了七十六集，雍正和故宮都該歇歇了。

牆上的玩具槍

最近網絡評選最受歡迎的作家，男一號是契訶夫，女一號是奧斯丁。奧斯丁沒引起什麼爭議，男作家方面，因為巨頭多，所以爭論多些。不過，契訶夫也算當之無愧，尤其，他關於戲劇的一條至理名言，這些年來，越來越成為我們檢閱影視劇的一個標準。

契訶夫說，如果在第一幕裏，牆上掛有一杆槍，那麼，在第四幕裏，這槍一定要打響。

可是奶奶，不說二十年，就說最近一兩年，不說所有影視劇，就說兩部諜戰劇，就在我們心裏橫七豎八留了多少杆槍！

《懸崖》是我利用寶貴寒假看完的。開頭幾集，着實把我興奮了一下，小宋佳機靈漂亮地出場，想到她在《闖關東》中的表現，我判斷這次導演是要扭轉我方間諜的待遇，怎麼可能給余則成配一個翠平！這樣，張嘉譯問小宋佳，都會什麼語言，她高調表示，母語不用說，俄語不用說，她的英文，也比張嘉譯的中文好，我們觀眾很激動！這說明，接下來的劇情中，肯定會有各種國際力量的進入。事實上，這也是《懸崖》最好看的地方，滿洲國時期的哈爾濱，中國人，日本人，蘇聯人；共產黨，國民黨，保皇黨；特高科，特務科，特派員，各種力量犬牙交錯，東方小巴黎的鬥爭形勢比東方巴黎還嚴酷。所以，導演鏡頭很多次狐疑地打在張嘉譯家老保母的臉上，我們跟着男女主人公一樣提心吊膽：這老太婆靠譜嗎？別是《黑三角》那賣冰棒的！

《懸崖》在情節上的其他漏洞我不羅列了，反正，小宋佳的英文成了噱頭，老保母的眼神成了噱頭，當然，這種小槍沒打響關係也不大，只是這種玩具槍習慣嚴重暴露了編導的手淫傾向，而且直接導致一部開頭冷靜的諜戰劇最後成了狗血倫理劇：不救兩老婆，苦逼張嘉譯還是男人嗎？蒼天在上，如果這就是所謂的"《懸崖》情懷"，那我們看瓊瑤就可以了。都像張嘉譯這樣男人，共產黨能拿下共和國？

《懸崖》看得糾結，網友推薦看《國土安全》：美劇。諜戰。不過《國土》馬上打動我的是因為它和《24》有點血親。跟了八年《24》，看到包智傑，跟看到親戚似的。 可是，怎麼説呢，看完《國土》，覺得《懸崖》裹的主人公也不算最苦逼，覺得《懸崖》變成倫理劇也是世界潮流。

CIA最聰明的女特工凱瑞為了取證一個疑似恐怖分子，直接和恐怖分子上床，但是取到的證據說不出口，而且自己還動了真情。與此同時呢，我們的恐怖分子主人公更是個真正的苦逼，自己都不知道自己到底是個愛國者還是個叛國者。第一季十二集，編導在男女主人公身上掛了有五六十杆槍，但是一季下來，沒一槍真正打響。

《國土安全》在911十週年播出，意圖是探討911後的國土安全和國人創傷，尤其，女主人公的躁鬱症更表徵了當下美國，但是，也許是我已經被包智傑弄壞了胃口，我總覺得，一部諜戰劇裏，過多的感情戲和家庭戲其實是一種無能。《24》中，對恐怖的反思產生過震撼，時隔八年，美國士兵的被策反，竟然淪為一種更高級的愛國表達。所以，要說到誰最可憐，還是我們諜戰迷最苦逼。天地良心，多少個日夜，別人在酣睡，我們為了一個小懸念，看了整整四十集。為了敵人一個不負責任的微笑，我們又倒回去看，想着自己是不是漏掉了什麼。

什麼都沒有漏掉，《懸崖》和《國土》都會負責任地告訴我們，那不過是牆上的玩具槍。

面帶豬相，心頭嘹亮

飯桌上回顧二〇一二國產電視劇，大家都感覺有點蕭條。最佳劇集評不出來，大夥兒一個勁地扯自己看過的神劇。《抗日奇俠》裏的英雄武功好啊，比《射鵰》裏的黃藥師還厲害！但《抗日奇俠》遇到《飛虎神鷹》就弱爆了，上海灘上的獨行俠不僅裝備比酷007，而且已經擁有了奧特曼的能力，他們駕駛的摩托車能飛到空中停頓一段時間，同時以迅雷不及掩耳之勢把下面開過的日本車給幹掉。

一代宗師們看到這樣的武功，一個個得吐血。不過，就在大家都垂頭喪氣的時候，《民兵葛二蛋》讓我們重新笑了起來。

《民兵葛二蛋》的故事是典型抗戰劇結構：抗戰期間，鬼子屠村，唯獨三個年輕人倖存。性格不同的三人走上三條不同的道路，最後當然是，跟了共產黨的民兵葛二蛋在歷史長河中笑到最後。

這樣的框架我們在很多抗戰劇中見過，《歷史的天空》如此，《人間正道是滄桑》如此，這種結構很討巧，因為國恨和家仇，政治和人情能互相隱喻，所以，此類電視劇的人物設置一般比較高端，不僅人物軍銜偏高級，而且演員偏高帥，台詞也偏高端。但是，《民兵葛二蛋》打破了“俊男美女才配抗日”的演藝風潮，黃渤演的葛二蛋一出場，歪瓜咧嘴的樣子不說，口中台詞就是：天羅羅，地羅羅，你的錢我掙着，你的地我種着，你的房子我住着……

媽的，這不就是我們升斗小民的新年願望嗎？而且你看黃渤那張臉，不是現在時髦的所謂“接地氣”，他就是地氣本身，上級讓他去鋤奸，問他鋤奸什麼意思知道嗎，他說知道，“除掉姦夫”，上級讓他不要玩小情調，他就馬上從二蛋作風轉民兵神色。這部劇特有人緣的地方就在這兒，這個葛二蛋智商跟我們一樣，心智也跟我們一樣，引發喜劇效果的不是王寶強那類非常態人格，是那種在任何時代任何地方都一樣的平民樂趣和平常理想，耍潑的時候說“今天不把你打出屎來，算你娘的拉的乾淨”，做夢的時候想“當上好幾個民兵隊的隊長”，而他能領悟到的革命，從“民兵就是好的土匪”到“親人朋友都好好活下去”，也是老百姓的領悟。

不過，話說回來，葛二蛋這種性格和台詞也不是電視劇首創，很多觀眾還把他視為抗日韋小寶，這部劇一大半的成功，在我看來，應該歸功於黃渤。套用周星馳的評價，黃渤已經成長為我們這個時代的喜劇之王。

賀歲片《泰囧》創下十二億票房神話，“黃渤–王寶強–徐崢”也開創了大陸組合傳奇，而這三個人，說實話，徐崢的角色可以被很多人替換，王寶強也能被替換，唯有黃渤的角色，連周星馳也不一定能做好，因為據說拍《西遊降魔篇》，周星馳示範過的動作，別人再演大家都不笑，但黃渤再演大家笑得更厲害。他的風格就像他跑步的姿勢，因為實用，所以逗樂；而他的喜劇品質，用《民兵葛二蛋》中偽軍張耀祖對他的評價，就是，“面帶豬相，心頭嘹亮”。

中國喜劇演員常常“面帶豬相”出場，但是黃渤讓觀眾看到了他“心頭嘹亮”，所謂“有多大屁股就扯多大尿布”，黃渤的喜劇性來自他對生活的真理性把握，這個，可能會是中國喜劇的未來道路，畢竟，段子式的誇張人物是喜劇的初級階段。

夫妻相

《夫妻那些事》第一集開頭，三個陽光燦爛的外景一過，鏡頭登堂入室，我們看到陳數扮演的妻子和黃磊扮演的丈夫還在床上熟睡。然後攝影機特寫陳數的臉。

陳數的臉挺漂亮，問題是，睡了一個晚上的臉蛋，從眉毛到嘴唇，妝容整飭到爬起來就能去出席宴會。

不知道是我希治閣看多了，還是最近熒幕上的間諜特工過多，反正，我看到這張臉的第一反應是，這對男女主人公的關係可疑，嗯，不僅可疑，要發生點兇殺什麼的，也是可能。

當然，隨着陳數嬌嗔的一叫，我知道自己反應過度了。不過，後來想想，陳數這張明明沒有睡過的臉倒很能説明中國影視劇的一個“夫妻”問題。

還説《夫妻那些事》。平心而論，這部電視劇拍得不錯，雖然編導也設置了不少巧合不少事件，可就整體而言，這部連續劇的戲劇構造合情合理，沒有灑狗血，不亂催眼淚。而且，主人公陳數和黃磊也算招人愛，不過，我們現場來問問觀眾，同樣作為夫妻出場，是陳數和黃磊更像夫妻，還是黃磊爸媽更有夫妻相？

沒看過《夫妻那些事》的觀眾其實也能回答這個問題，因為幾乎在中國所有的影視劇中，中老年夫妻檔出場，總能整得夫妻相十足，《空鏡子》中馬恩然和彭玉很夫妻；《闖關東》中李幼斌和薩日娜也很夫妻；其中，最最具有夫妻相的是趙本山和高秀敏。甚至可以說，趙本山和高秀敏所確立的夫妻模式，直接奠定了本山劇《鄉村愛情》一季接一季的成功。

像所有的當代電視劇，《鄉村愛情》六年五季下來，設定的故事主人公謝小強和王小蒙等人也都是年輕人，但是，真正讓觀眾守在電視機前的卻不是這些鄉村新力量，而是他們的父母輩，那些其貌不揚甚至歪瓜裂棗的中老年夫妻檔，謝廣坤和永強娘，劉能和劉英娘，趙四和玉田娘，王長貴和謝大腳……他們禿頂的禿頂，結巴的結巴，歪嘴的歪嘴，但他們一上場，就是結結實實的夫妻檔。睡覺都穿大褲衩，起床都蓬一頭髮，換句話說，他們決不會為了個人的美觀而犧牲夫妻關係的真實。

拔蘿蔔帶泥，影視劇雖然可以高出生活去掉一些泥，但是把蘿蔔上的泥全部洗乾淨，就MTV了，而在夫妻關係的場域中，這種去泥行為就是把婚姻回降到戀愛，把夫妻回降到戀人。《夫妻那些事》中，陳數和黃磊結婚也有年頭了，但開篇陳數的第一張臉，這張在床上還畫眉塗唇的臉，就直接降低了這部電視劇的題中之義。

《鄉村愛情》呢，本身有很多缺點，尤其其中有兩季植入廣告之多令人生氣，不過，在“夫妻相”的表現上，我覺得趙本山足以給所有的電視劇導演上一課，那就是，夫妻相夫妻相，求的與其説是郎才女貌，不如説是王八綠豆，因為後者才是生活真正的辛酸和饋贈，既是歲月污點，也是時間舍利。

抗日不用奇俠

最近大家都在抗日，社區裏的日本車，似乎也有點自卑地停在角落，我在家裏檢閱裏一遍，倒也沒發現什麼顯眼的日貨，所以，就拿出《抗日奇俠》看，想着是不是能得到一些靈感。

《抗日奇俠》的廣告做得很猛，投資五千萬，進軍好萊塢，美國的後期，超豪華陣容等等等等，而更重要的是，這部抗日題材劇直接號稱要將“抗日”與“武俠”合二為一，要打破傳統抗日劇的俗套，要在熒幕上掀起武俠抗日傳奇劇的全新革命。

不過，看完片頭我就軟了。短短一分鐘，我看到霍元甲看到李莫愁，我看到降龍十八掌看到九陰白骨掌，我看到鐵臂阿童木看到金剛蝙蝠俠，白話文根本無法表達我的震驚，我想起《蜀道難》的開頭，噫吁嚱！

噫吁嚱！抗日劇氾濫神棍之作迭出，雖然是當下的電視劇現實，但是，《抗日奇俠》真正挑戰了我們的粗話能力。刺瞎我們狗眼的特效，令人小便失禁的神功，用一個網民的話説，不看不知道，誰看誰高潮。

高潮後，我倒也認真地想了想。撇開編導製作等等因素，就影視劇類型來說，抗戰劇，好看；武俠劇，也好看，但好看聯手好看，正正怎麼得了個負？再說了，像武俠這種幾乎可算百搭的類型，放在古裝劇裏可以，“還珠格格”的功夫一點不刺眼；放在現代劇裏可以，周潤發張國榮縱橫四海的本領多麼激情四溢；作為中國對世界影壇最有貢獻的電影類型，武俠幾乎是銀幕上的一道公理，放在言情片放在賀歲片放在黑道放在白道全部沒問題，可是，怎麼武俠和抗戰劇混搭一處，就顯得如此荒謬呢？

這裏的主要原因我想是，抗戰還沒有遙遠到可以被傳說被戲說的年份，換句話說，抗日戰爭不僅結結實實構成了我們的現代史，是我們潛意識的一部分，它還是我們的當代史，釣魚島問題就是例子；可是，像《抗日奇俠》《神槍》這樣以奇幻方式拍出的抗戰劇，通過把中國老百姓變成阿凡達，直接把歷史變成了卡通，把鮮血變成了漫畫，後果會是什麼呢？日本右翼分子看到我們的武林高手一口氣可以殺這麼多鬼子，大概可以為侵華找理由；而我們的年輕人看到日本鬼子這麼不經打，對於八年抗戰大概會有些其他想法。

所以，即便《抗日奇俠》這類電視劇的初衷是要激揚我們的愛國熱情，我也覺得在方法論上，這樣的類型劇處理是極為不合適的，尤其，尤其是在中日矛盾這樣彈眼落睛的今天。再說了，如果我們真有《抗日奇俠》所展現的六大高人，釣魚島問題還能拖到現在？

說白了，不管是抗戰，還是今天，抗日的過去現在將來都是一次全民行動，抗日沒有奇俠，抗日也不用奇俠，要真有奇俠，那也是普通百姓。

千金方

北京何家四個堂兄弟，何東、何西、何南、何北，都是花樣美男，都到了談婚論嫁的年齡。電視劇《北京青年》第一集，老大何東要和相戀三年的女友權箏去領結婚證。

女友博士畢業，容貌靚麗，溫柔體貼，民政局的辦公人員蓋完女方結婚證，要蓋男方證書的時候，男方一聲且慢，把女友拖出了民政局。

何東沒有愛上別人，身體也好好的，也沒有私生子什麼的，他就是不想結婚了，在女友的逼問下，他承認：我就是想重走一遍青春。

什麼叫"重走一遍青春"呢？四兄弟一起上路，到青島看看海，去"底層"打打工，體驗極限生存，挽救花癡姑娘，最後，何東發現，從前沒有讓自己有心跳感覺的權箏，是真愛。就這樣，一趟下來，四兄弟都修得真愛回，抱得美人歸。

反正呢，自從這個電視劇開播以來，"重走一遍青春"已經成了網絡第一催吐劑。朋友，如果生活讓你無聊，那麼，重走一遍青春吧，不過，記住你得有輛車！如果你沒搞清楚自己找的對象是不是能讓自己心跳加速的那種，那麼，重走一遍青春吧，不過，記得為你自己安排一個高帥富情敵！還如果，你不安心工作，你好高騖遠，你媽很煩你爹很慘，去重走青春！相信我們的趙寶剛導演，青春任何時候都能重走！

沒人愛，去重走。不孕症，去重走。長不高，去重走。高考失敗投資失敗談判失敗，去重走。總之，不管你日子很爽還是很不爽，去重走！這是咱們的影視劇開給這個世界的千金方。

我媽看到這句"重走"就轉台了，她看不慣。皇天后土，在這個飄飄渺渺的世界裏，年輕人最不需要的就是這種藥方。就說何東吧，跟人家姑娘談了三年戀愛，結婚登記那天，突然害怕了：我們倆都不會家務，我們沒有房子，我們以後怎麼辦啊！怎麼辦？媽的這種台詞，在我們新中國的影視劇中，連混混代表陳佩斯都沒臉說出口，可是，我們的新科偶像不僅有臉說，還特誠懇特抒情特有道理，然後，憑着這番狗屁道理，他把一個男人該承擔的責任輕輕放下，尋不三不四的人生去了。

談了三年戀愛，不會燒飯不會洗衣服你在領證的時候才想到啊？再說了，不會不去學，反而轉身走青春，這是什麼鳥邏輯？事實上，這個開頭，也受到了網絡社會的普遍歧視，所以，真要說這就是"北京青年"代表，一大半的北京人會豎中指。但是，電視劇履歷那麼輝煌的趙寶剛導演居然會採用這樣一個奶聲奶氣的開場，作為他青春三部曲的收尾篇，我在驚訝之餘，也實在覺得，我們青春劇的超現實已經是眼下影視劇的主要現實，比如，何家四兄弟，路上遇到精神病花癡女，明明被劇情提示了她的北京背景，卻為了拖延劇集把花癡女一路又帶去深圳……

所以，我的想法是，哪天嘲諷"重走一遍青春"成為青春劇的起點，我們的青春劇才有可能真正起步。

如果他正好來電話

兩閨蜜聊天。

“你做愛的時候跟老公説話嗎？”

“如果他正好來電話我會的。”

這個當然是段子，不過，最近看一電視劇《神槍》，我就老想到這笑話。因為《神槍》之神，就在於不斷讓人出戲。

上個世紀末開始，有一大批的革命歷史題材劇出來，無論是具有傳統傳奇劇性質的《亮劍》，還是重新講述歷史的《人間正道是滄桑》，都讓人很興奮，以至於雖然之後的跟風劇常有粗製之嫌，但看膩了還珠格格煙雨濛濛，老百姓倒也不嫌熒幕上男人多槍聲多犧牲多。甚至，這些革命劇讓很多像我這樣的觀眾幻覺中國電視劇將在這些題材上重新起步，趕英超美。

看過《神槍》，我承認我錯了，革命不能保證未來，革命題材劇也不能保證品質。《神槍》向我們證明，革命劇也能抵達神棍之境。

《神槍》以皖南事變為背景，我對這段歷史感興趣，加上媒體上頗有一些關於此劇的好評，所以一聽說上海新聞綜合頻道要在黃金時間播出這個劇，我就搶了個沙發。可是，蒼天在上，我們屢戰屢勝的法寶是什麼，就是每次在緊急關頭，換上鬼子的衣服！革命的功能是什麼，就是能把我們主人公的眼光練到黃藥師的地步，不僅一眼瞧得出敵人子彈在飛向誰，還能千米之外用子彈打飛子彈！最後，為了突出咱革命的成果，編導還精心安排了一場巔峰對決，讓我們的土槍手和經過嚴格訓練的日本射擊冠軍進行比賽，烏拉拉，你要覺得這是奧運會的cosplay分會場，不是你的錯。

總之，《神槍》看上十分鐘，換到任何一個頻道，你都會覺得其他電視劇拍得真不錯，比如我，看了半集《神槍》，就連看了三集《愛情公寓3》，兩相比較，《愛情公寓》不僅清新，簡直具有視覺革命性。

《愛情公寓》紅火很長時間了，但因為我自己已經過了三仙姑的年齡，另外中外媒體還一致認為，這是《老友記》和《老爸老媽的羅曼史》(*How I Met Your Mother?*)的中國版，所以一直沒看。但是，《神槍》降低了我們的人生要求，光是看看漂漂亮亮的少男少女，聽聽他們飛來飛去的貧嘴，就覺得沒內涵沒營養也沒什麼打緊，因為他們雖然不傳遞什麼正面價值觀，但在轉瞬即逝的娛樂世界，他們的那些惡搞也好，抄襲也好，都還是以喜劇的名義，為了一個逗樂，而且，在很多時候，如果你沒有什麼美劇記憶，那麼，你被逗樂的可能性還是有的。類似吃肯德基沒營養，但你不會有上當的感覺，因為你知道在肯德基裏吃不到你小時候的雞，這就像，閨蜜聊天，回答“如果他正好來電話”的，那就是《愛情公寓》的風格，此類“題內離題”策略幾乎就是《武林外傳》以來的喜劇法寶。

《愛情公寓》題內離題沒問題，但是《神槍》也製造這種效果，就有荒唐感。網上一個觀眾説，其中有個跑龍套的，一會是日本人，一會是中國人，特別顯得人生如戲，也就怪不得，廣電總局最近要出台一系列包括“革命須敵我分明”這樣的電視劇製作條例。

事實上，看過《神槍》，我覺得廣電總局真可以對革命歷史劇提點要求了，否則，最有中國特色的電視劇馬上就會淪為清宮戲武俠劇。

《浮沉》之浮

一邊看奧運，一邊看《浮沉》，兩者最大的區別是，前者專業，後者不專業。

奧運期間看《浮沉》，原因有二。一個此劇正熱是飯桌話題，講的又是改革；一個因為此劇導演是滕華濤。滕華濤的《蝸居》很有名，但在業內引動爭議的卻是他的電影《失戀33天》，這部小製作影片以三十三倍的投資回報率，讓很多專業人士紅了眼，這裏按下不表。不過，導演滕華濤和編劇鮑鯨鯨的組合算是閃閃發亮了，所以，憑着對《33天》的巨大好感，我認為《浮沉》必看，再加上，講的是國企改革。

國企改革，這個在我生活世界中反復出現的名詞，不僅是共和國歷史的一部分，也是無數家庭史的主題樂章，我媽媽我阿姨我叔叔，我們寶記弄裏的所有鄰居，槐樹路上的所有工人，都和國企改革劈頭劈臉遭遇過。

但是，《浮沉》裏的國企改革是什麼呢？張嘉譯嘴裏雖然也冒些跟改革有點關係的類似“員工安置”之類的名詞，但是全劇30集，廠長張嘉譯忙來忙去的一個主要成果是，他最後把自己的中老年感情給安置了，對方是外企小白領白百何。嘿嘿，張嘉譯和白百何，是《蝸居》中貪官張嘉譯和小三李念的一個正面升級版嗎？

反正，除了那些飯桌上的“產業鏈”，那些煞有介事的“AAM”之類的名詞，《浮沉》中的國企改革根本沒有突入問題的核心，連我這樣的外行看看，這部電視劇從頭到尾就是對改革的意淫，既沒能力表現舊時代的制度和困境，更沒力氣展現新時代的座標和危險，一個“七億”的改革資金就單純被描寫為跟外企買技術，尼瑪如果這就是改制的全部，我也能當改革的總設計師。

所謂木匠要幹木匠活，越界的確偶爾也能生產驚喜，但危險是什麼呢？《浮沉》表明，滕華濤作為一個小白領愛情表演能手，這次披國企改革袍子登場，連愛情表達都大失水平。

以第一集為例。第一集內容不少，各路人物登場，但主題是白百何失戀。小白有一個談了八年戀愛的男友，男友上海人，倆人真心相愛，在小白從前台升級為助理的那一天，男友求婚，然後倆人第一次上門去男友家。在男友家裏，男友母親以典型瓊瑤母親的方式，一上來就鄙視未來媳婦，言辭冷淡加惡劣，男友則只管自己看電視，完全不顧母親對女友的羞辱，最後，小白憤怒回擊，男友要求小白道歉，倆人因此分手。

大家不要以為我把劇情簡化了，因為這就是全部過程，且不論電視劇對上海男人和上海家庭的醜化和簡化，小白和男友的八年感情是衛生巾廣告嗎？滕華濤一心一意要把小白豎立為真愛典型加職場小將，但是從她的第一場愛情開始，我們就知道這姑娘情商智商都不咋樣，所以，憑她那點小清新居然能在一場大改革中扮演關鍵人物，《浮沉》是真的有點浮。

奧運會上看吳敏霞、何姿以精準的姿勢拿下金牌，看中國體操男團拿下團體金牌，我就很想跟咱電視劇的編導們提意見，以後能不能有點專業精神？甚至，退一步講，國企改革這樣的大題目你們專業不了，那麼職場小白領的生活和愛情你們可以專業點嗎？上海男人和上海女人的影像表現可以不要那麼簡陋嗎？因為說到底，電視劇就是生活，而每一個觀眾，都是一個專業生活者。

殺任警官

在文匯報頂樓參加“電視劇與當代文化”論壇，發現諜戰劇最受熱議。飯桌上，大家爭論得最火爆的一個問題是：可以殺任警官嗎？

任警官是電視劇《懸崖》中的一個小角色，他出身貧寒，分到警察廳以後工作勤奮，作風正派，在執行行刑任務時殺了人，事後對上司周乙，也就是我黨臥底，坦白，“晚上睡覺都不敢閉眼”，所以，在周乙眼中，他是整個哈爾濱警察廳最乾淨的人，平日裏，倆人關係也很好，任警官拿周乙當大哥看，管周乙的假妻子顧秋妍叫“嫂子”。但是，這個形象正面的小伙子，無意中成了周乙繼續潛伏的障礙，不得已，周乙讓顧秋妍把他殺了。

任警官被殺發生在電視劇第三十一集，有些觀眾看到這裏放棄了，覺得這樣的劇情太虐心，有些觀眾則很認可這樣的安排，認為革命本身就流着很多無辜者的血，電視劇就應該去表現這樣的殘酷。

革命的殘酷誰都看得到也不會否認，但我認為，《懸崖》中的任警官殺得不好。

最紅諜戰劇《潛伏》後半段，也出現過兩次比較重大的無辜者威脅到主人公余則成和翠平潛伏的劇情。首先是晚秋發現余則成和翠平是假夫妻；其次是翠平老家的地主王占金流落到天津，認出了翠平。王占金被余則成派黑社會趕出天津，之後又遭到余則成對手的追逐，最後王占金瘋了。晚秋的結局則完全不同，雖然在余則成發現晚秋知道他們假夫妻真相的時候，也動過幹掉晚秋的心思，但看着純潔美麗的晚秋，余則成作出了一次冒險之舉，他成功改造晚秋並讓上級組織把她送到了解放區。

看到晚秋奔赴解放區，觀眾感覺圓滿，看到王占金和他的孩子被弄得人人鬼鬼，觀眾嘆氣。但是，王占金的不幸，在之後十集劇情的發展中，被一個更大的語義場緩釋了，相比余則成和翠平通過繼續潛伏所作出的貢獻，相比余則成和翠平最後的種種遭遇，王占金的不幸部分地轉化為一種正面戰場上的犧牲，轉化為一種可以進入公約數的個體悲劇。

但是任警官的死不是這樣，任警官死後，四十集電視劇剩下九集，這九集的主要劇情是什麼呢，周乙先是想盡一切的法，冒了所有的險救出自己的真妻子，然後又奮不顧身地回到敵人心臟，用自己換出假妻子，活生生把一出革命諜戰劇變成了一部家庭倫理劇。雖然，周乙在走向最後歸宿的時候，深沉地表白了自己的信仰，“在不久的將來，會有一個新政府，沒有皇帝，沒有權貴，沒有剝削和壓迫，不會喪權辱國，讓人民能夠有尊嚴地生活，新政府，不會奴役人民，”但是，這最後的表白卻在深層的意思上，對周乙的自我犧牲進行了譴責，如果任警官的死本來是為了推動周乙去實現一個更高的目標，那我們的主人公顯然半途而廢，儘管，為顧秋妍而死，在任何意義上都說得過去，但是，這最後九集，周乙全身心經營家庭和自己安全的表現，卻讓任警官成了冤大頭，所以，網上有觀眾大聲呼籲，奶奶的周乙，你難道看不出這孩子也有可能成為一個晚秋？

我相信，歷史中的革命一定更殘酷，有更多犧牲和白白的犧牲，但《懸崖》把任警官殺死後，既無力量把周乙召喚成一個更飽滿的革命者，更無能力把無辜者之死織入革命鬥爭的真正版圖，最後就讓任警官成了一個熒屏遊魂，搞得無數觀眾為他鳴冤：孩子，你苦逼！

在一個壞時代，再這樣殺任警官，革命題材就會走向它的反面。

只有編劇相信

兩年前，很認真地看了艾偉的小說《風和日麗》。我並不認同艾偉的革命史觀，但小說中大量的關於革命、政治和個人的思考卻令人印象深刻，所以，儘管小說的主線是一個私生女尋找將軍父親的故事，但看得出，艾偉一直盡力避開秘辛傳奇的野史筆法，他的寫作抱負是：私生女主人公是一種隱喻，共和國將軍也是一種隱喻。

可是呢，電視劇《風和日麗》不僅把小說作者試圖避免的野史當作了重點，而且用偶像劇的方式把《風和日麗》變成了一出共和國宮廷劇，當然，在當代中國，這樣的宮廷劇也可以算是一種隱喻，可惜編導的宮廷能力遠不如《甄嬛傳》。

最後一集，女主角楊小翼的母親楊滬病危，陪伴在她床前的是她後來的丈夫，平民饒得文。這時，將軍手下過來通知饒得文請他回避，因為將軍來了，來見楊滬最後一面。然後，貌似周恩來但不是周恩來的將軍出場，他讓人又把饒得文叫來，握着激動的饒得文的手說：感謝你照顧了楊滬，我是她的第一任丈夫。

看到這裏，我真是覺得人定勝天了。在這個世界上，還有什麼事情是咱編劇做不出來的？全國人民尊敬的將軍，讓情人思念了一輩子，讓女兒找了半輩子的男人，就這樣自己突然揭開面紗走下神壇，既為死去的資產階級情人恢復了名譽，也給全中國的偷情男人豎立了榜樣：該認得認。奶奶的，早知道將軍有這等勇氣這等情懷，前面三十四集還有啥好折騰的！為了認這個爹，楊小翼自己死去活來不說，身邊的男人死的死，傷的傷，連小兒子都送了命。

電視劇最後讓兩個男人守着痛苦了一輩子的楊滬，用將軍的話說，"陪她走完最後一程"，我有點疑心，編導是想煽一把情的，你看你看，將軍也是人，而且，為了怕我們不動情，編導繼續他們的超現實能力，情人死後一年，將軍也死。將軍的兒子帶着楊小翼，推開一個房間，這個房間是將軍專門做木工活的地方，因為在將軍老家，女兒出嫁，要送一口箱子，共和國將軍像美劇中的偏執狂一樣，一直在為女兒做箱子，一遍遍給箱子上漆。

我不知道艾偉看到這裏心跳怎樣，反正我是很崇拜編劇了。基本上，咱編劇的能力在十多年來轟轟烈烈的電視劇製作大潮中，一撥比一撥更具想像力，用微博上的競賽體來比附就是：出國有啥了不起，有本事出嫁！出嫁有啥了不起，有本事出櫃！出櫃有啥了不起，有本事出家！

其實，出嫁也好，出家也好，中國觀眾見多識廣，承受得起，真正令人覺得無聊的是，這些年的電視劇中，經常會有這種頗有些神秘色彩的老一輩革命家，而在表現這些革命者的時候，編劇力氣十有八九花在革命者的愛情能力上。換句話說，如果把電視劇中的共和國先驅集合一起，那絕對是一支夢之隊，人見人愛，花見花開。可是，要說這樣的一支隊伍締造了新中國，只有編劇相信。

沒見過

兩個月前我就把電視劇《向東是大海》給看了，但一直忍着沒吐槽，因為好不容易寧波人當回主角，不過最近聽説家鄉官人蠻興奮的，“甬商”“甬商”地自我定位，我實在是憋不住了。

我十八歲從寧波到上海讀書，説起家鄉誰都要加一句，你們寧波人會做生意，作為一個從八十年代走過來的文藝青年，這種名氣每每讓我很慚愧，好在，改革開放了，商人越來越牛逼，終於我也能抬頭面對“會做生意”。

沒錯，寧波人會做生意，我的小學中學同學中，高帥富(重音在富)佔了一大半，甚至，連我外婆這樣只認識二三十個字的人，也能在六七十歲的高齡下海開出一家旅館，所以，理論上來説，“甬商”這種説法是對寧波人的極大窄化，所謂草木皆兵，寧波人雖然不是人人都會做生意，但是全國各地挑一溜老頭曬太陽，獲得最多日照的位置上，可能就是個寧波老頭。你去隨便一個寧波小賣部，四五歲的孩子就能隨口把兩包香煙和五瓶啤酒的價錢給算出來，不僅算出來，小孩還會隨口學一句，三角銀鈿勿要了。所以，“甬商”這種小家子氣的說法，就像是說，少林寺裏有和尚。

少林寺裏還有真和尚，可是，向東有大海嗎？大海裏有寧波人？劇中哪個演員像寧波人？雖然王志飛、馮雷、姜武、薩日娜也都算是熒屏名角了，但是你走遍寧波城，遇到過這樣北方這樣關東的腔調？當然，演員不像問題也不太大，反正寧波也不出西施，人物線條粗一點就粗一點，真正沒腔調的是，電視劇中的商業精神。

電視劇一開始，寧波最大的恒通錢莊就遭遇經濟危機，同行精英雖然一向受恒通掌門董如海的照拂，但是卻集體選擇了袖手旁觀，媽的就算德高望重的董如海突然成了錢莊敗類，媽的就算錢莊老闆個個都是勢利小人，遇到行業危機，寧波人如果沒有一點“一榮俱榮一損俱損”的前瞻意識，寧波商人還能四海聯手？因此，即便歷史上真的就有董如海這樣的悲劇商人，他領導的商會絕對不會是寧波商會，熒幕上畏畏縮縮的那些個前輩人物也絕對不能算寧波商人。

反正是，為了突出主人公周漢良的足智多謀，編導為他匹配了卡通一樣的海盜；為了突出他的仁義有信，編導為他匹配了一整個行業的小人。另外為了讚美他能文能武，編導獎勵他人見人愛；為了讚美他愛國愛民，獎勵了他無比合作的底層勞工。天地良心，周漢良真要有編導明示的所有這些超人能力，抗戰內戰都沒毛主席什麼事了。所以，本質上，周漢良就不是個商人。

《向東是大海》作為周漢良的讚美詩，領導看了，用寧波話説，大概蠻捂心，但是，作為一個寧波人，我得誠實地説，寧波商人沒那麼好，這就像我的醫生鄰居説的，做了五十年醫生，我沒見過《心術》這樣哆的醫療環境。

何日君不來

在討論《上海摩登》時，學生建議我看《外灘軼事》。

《外灘軼事》套拍了紀錄電影和紀錄電視劇，就像賈樟柯做《海上傳奇》，電影出來以後，還出紀錄電視劇。但《外灘軼事》和《海上傳奇》又不同，用劇組的說法，他們"做了新嘗試"，比如把"外灘"作為第一人稱進行畫外音敘事，比如用明星扮演赫德、杜月笙、周璇、李香蘭這些歷史人物。

可我的感覺是，這些頗具廣告價值的嘗試卻讓這部紀錄片變得極為曖昧。

片子從一行字幕開始：我即將講述曾經生活在我這裏的五個孩子的故事。接下來，無論是說到掌管晚清海關的英國人赫德，還是上海灘商界先驅葉澄衷，"我"都稱呼他們為"孩子"。如此，執掌中國海關四十多年的英人赫德，因為是"我的孩子"，成了一個特別純潔的人，一個特別為中國着想的人，一個在晚清所有衙門中，最廉潔的長官。而當赫德為大英帝國服務了近五十年而離開中國時，"我"真是惆悵死了。

紀錄片有自己的視角是好事，所謂有態度有觀點，可惜的是，《外灘》中的“我”，簡直就是清政府的腔調。赫德這麼一個周旋於清廷最高層的英國人，其實怎麼也算不上“外灘的孩子”，他長期行走紫禁城，馬不停蹄為洋商謀福利不說，還幫助清廷鎮壓太平軍，晚期的權勢更是到了連朝廷都感到恐懼的地步。當然，就事論事地說，赫德在上海海關的發展中，的確有過貢獻，但是他所有的貢獻，都是有歸屬的，大英帝國永遠是他心中的第一人稱，而我們在他死後一百年，居然要把他收為“孩子”，這死後的追封，是驕傲還是無知？

相同的，紀錄片在處理李香蘭時，也把李香蘭放在亮處，把戰後審訊李香蘭的中國軍人放在暗處，李香蘭美麗純潔，中國人陰暗跋扈，而且紀錄片最後幾乎有些得意地強調出，李香蘭其實是日本人。對李香蘭身份的揭示是這部紀錄片的目的嗎？好像山口淑子李香蘭早就不是什麼秘密。全部片子看下來，到“我”用最為悲傷的語氣說出“我的黃金時代結束了”的時候，我陡然意識到，上海要完全走出文化上的“殖民結構”和“摩登結構”，還需要時間，類似表現上海灘的紙醉金迷，總要唱“何日君再來”。

何日君不來呢？其實本來紀錄片是最能做到的。歷史地看，無論是代表美國傳統的弗拉哈迪(Robert Flaherly)，代表歐陸傳統的格里爾遜，還是代表蘇聯傳統的維爾托夫(Dziga Verta)，起源階段紀錄片試圖處理的人事，都不是傳奇人物，而是通過聚焦普通人達成傳奇或教育，而作為題材的民眾，才能真正體現紀錄片的難題性和價值性。但在關於上海的紀錄片中，無論是《上海傳奇》還是《海上傳奇》，都是海上名門加青幫加明星的陣仗，杜月笙去香港了，周璇去香港了，"外灘"難過極了。可是，亂世中不能到香港去的，才是上海人。

因此，我不認為《外灘軼事》是關於上海的紀錄片。

“中國版”

《歷史的天空》中，于和偉扮演的萬古碑可能是新革命歷史影視劇中最令人討厭的角色了，他陰鷙、奸詐、懦弱又猥瑣，集中了一個弄權者的所有醜陋，所以劇中的女主角東方聞英根本看不上他，雖然她是萬古碑唯一付出了真情的人。

于和偉演完萬古碑，隔了幾年，高希希又把他叫進新《三國》劇組，扮演劉備。説實在，于和偉在劉備身上是傾注了自己的理解的，相比舊版《三國》，新《三國》的劉備更具有不卑不亢的“深沉”氣質，可惜的是，整部電視劇因為世故有餘，情義不足，使得劉備也好，諸葛也好，都因為過於“深沉”而變得或呆板或冷漠。陸毅的諸葛亮也就算了，本來這個角色就選人失當，于和偉其實有點吃虧，高希希如果把曹操的荷爾蒙分一點給劉備，于和偉不會就只是苦悶的象徵。

這樣，一年又一年，于和偉雖然也算是演技派了，中間也演了幾次大好人，不過，因為壞人總是更能出彩，我們想起于和偉，還是萬古碑。總算，歲月不負有心人，老于努力啊努力，二〇一二年，我們在電視上看到了他演藝生涯最崇高的角色，“青盲”。

《青盲》眼下是各大衛視的收視明星，晚上打開電視，你有百分之五十的機會看到于和偉。于依舊是那張沒有太多表情的臉，依舊是有些木訥的體態，可作為一個潛伏到敵人監獄中的王牌特工，這樣的神色在理論上倒也是合適。而我的問題是，儘管觀眾知道于和偉是身負我黨重任的特工，但和他發生關係的一系列劇中人是不明所以的，可是，就是這同一個沒表情的于和偉，在《歷史的天空》裏人見人嫌，在《青盲》中卻是人見人愛。在《歷史》中，他是愛情的丑角，五十年沒人愛；在《青盲》中，他是愛情的寵兒，五秒鐘拿下白山館的監獄之花。

于和偉不僅在愛情友情上要風得風，在其他各個領域，他同樣騰雲駕霧，手到擒來。越獄過程有九九八十一難，于和偉的中年樣子你可不能小瞧他，他的體能比《職業特工隊》裏的湯告魯斯還要好一百倍，以進入白山館的第一關為例，他在經受了敵人的搜身洗胃灌腸等一系列的體檢後，還能在十六小時後順利地把一萬能小刀從喉道裏吐出來。在這樣的起點上，他自己和觀眾都相信，只要敵人的子彈沒有打中他的心臟，即便身中九十九槍，他也能飛躍白山館。

于和偉體能好，智力更超常，進入白山館之前，他一夜之間就能把白山館資料掃描在心頭。他懂化學懂物理上觀天象下察水道，孫悟空還要求助各路菩薩，他在外援滅絕的狀態下，在“骨灰都飄不出去”的白山館，硬生生拉起了一支“游擊隊”，反正，各種奇跡各種魔幻，其中包括他十年前的愛情在獄中續了個大結局，包括交際花為了他一個吻躋身愛情烈士。

可是這些，都憑的什麼？看看這部電視劇的宣傳，你會明白，本來劇組的目的就很明確，這是為了打造中國版《越獄》。而所謂“中國版”，你懂的，就是比原版更離奇更離譜更粗糙更粗鄙。

從《24》到中國版《24》，從《職業特工隊》(*Mission Impossible*) 到中國版《職業特工隊》，從《老友記》(*Friends*) 到中國版《老友記》，從《慾望都市》(*Sex and the City*) 到中國版《慾望都市》，這些年，我們看的“中國版”，即便不是集集狗血，也基本部部驚心！所以，從“中國版”轉台到《鄉村愛情小夜曲》，我覺得，趙本山還真是了不起。

大姐夫二姐夫

女生寢室為增進感情，排名大姐二姐三姐，男生寢室聽見了，跟着排名大姐夫二姐夫三姐夫。看完《誓言今生》，想起這個段子，因為中心思想一樣：硬上。

天地良心，看過《今生》，我覺得上個星期對《懸崖》的批評真是不近情理。這麼説吧，我們對《懸崖》的那些要求，都不會拿來要求《今生》，因為後者那強大的“超我”摧毀了我們對電視劇的“本我”期待，而令人覺得古怪的是，這麼一個民意牽強的連續劇，在大量的媒體報導上，都“非常令人感動”。

感動你妹啊，《今生》就是一隻披着虎皮的羊。從一九四九年國民黨潰退台灣，到一九五五年喀什米爾公主號爆炸事件，到一九六五年李宗仁回國，到一九七一年基辛格訪華，到中英兩國發表聯合聲明到香港回歸，到這些年的台獨問題，《今生》的歷史線索算得上恢宏，而且，導演劉江的影視履歷也牛逼，軟硬手，《媳婦的美好時代》能創造細碎的日常生活，《黎明之前》能製造緊張的諜戰生涯，所以《誓言今生》開播前，各路廣告做到觀眾心癢。

我還真是被癢到了。開場沒多久，劈裏啪啦先死一老一女一媳失蹤一孫，如此，跑到台灣的孫世安就和留在大陸的小舅子黃以軒成了死對頭。這倆人，論級別在台灣和大陸都高不到哪裏去；這倆人，於茫茫諜海中，無論在我方還是台方特工中，成就和功夫都一般，可偏偏在歷史的每個緊要關頭都不約而同成了當事人，而且，更有勁的是，這倆人在大半輩子的較量中，真正五十年不動搖地進行相互策反，最後呢，當然是我方棋高一着，不過你看過電視劇會明白，實在是因為這戲再沒啥好編，才搞得孫世安回頭是岸。

當然，我很明白，涉及這麼多敏感事件的電視劇很難進行政治和歷史的正面突破，黃以軒和孫世安的關係設置也算是一種身份隱喻，但是，填滿這三十多集電視劇的都是些什麼？你要以為能在這部電視劇裏看到對"喀什米爾公主號"的一點點常識以外的劇情，那麼，你死了心，亮瞎你眼睛的，決不可能來自編導對李宗仁回國對基辛格訪華的政治解讀，而是孫世安和黃以軒的感情生活，他們一會差點成親戚，一個大姐夫一個二姐夫，一會又終於成親家，一個兒子爸一個女兒爹。好像是，為了表達這不是一部單純的諜戰劇，黃以軒和孫世安兩男人，把人世間的關係差不多都窮盡了，所以，有熱情的網友呼籲，在最後的大結局裏，就讓他們像福爾摩斯和華生那樣，互相看一眼吧。五十年啊，他心裏只有他，他心裏也只有他。相比之下，黃以軒終於找到失散多年的女兒，主人公不激動，我們也不激動。

所以，別忽悠我們這是一部具有大情懷的歷史劇，對兩岸關係的隱喻也好，對歷史現實的隱喻也好，這點親戚關係早就陳詞濫調，如果真想表達“歷史才是最後的策反者”，那黃孫之間飛來飛去的子彈匕首和炸彈怎麼就看不出一點點意識形態對應物？狗血的劇情也許可以換一點收視率，但是留在歷史裏的，不可能是自封的大姐夫二姐夫。

不過，最後，我還是要向這部電視劇表示敬意，因為，這是一個了不起的開端，雖然第一步走虛了。可畢竟，六十年來第一次，我們直接把攝影機的焦距調到了六十年的最高機密。

趙氏孤兒變形記

“趙氏孤兒”是從小聽到大的故事，不同劇種的戲也看過五六版，程嬰救孤摔孤，每次看，每次動容。為救忠良之後，義士萬死不辭，這個，即使沒有成為我們的文化傳統，也是我們潛意識的一部分，否則武俠小說武俠電影不可能至今還有這麼龐大的市場。這不，《龍門客棧》裏的英雄，跟春秋時期的韓厥、公孫杵臼一樣，都能捨生取義。

因此，雖然趙氏孤兒的故事在很大程度上是創作，就算程嬰曾經有過，程嬰兒子肯定是杜撰，但是，從元代開始，民間就接受了程嬰舍子救孤的故事，老百姓一邊流淚一邊看，沒有人質疑戲台上的程嬰，沒人說那樣的壯舉不可能。

可是陳凱歌對我們豎起食指說，噓！新時代讓他的腦袋赤刮勒新，他的《趙氏孤兒》要把“人性”還給春秋，用他自己的意思，就是要讓經典故事變得“可信”，並且“回到常識”。於是，為了“說服現代觀眾”，程嬰從一個主動的義士，變成了被動的好人，中國文藝第一悲劇人物哧溜轉身成了喜劇人物，他和公孫杵臼完全是陰差陽錯走上了不歸路，十五年寄生仇家屠岸賈門下，讓趙孤和屠岸公子“相親相愛”，最後揭示真相，否則，“我的兒子白死了！”

這個復仇故事不能更猥瑣了，當然，這個猥瑣的故事顯然受了新世紀版《趙氏孤兒》的影響。二〇〇三年，北京人藝和國家話劇院都將《趙氏孤兒》搬上舞台，都“現代化”了這個忠義故事。林兆華版給了屠岸賈一段復仇心路，孤兒最後拒絕了復仇；田沁鑫版則繼續對“孤兒”做了修辭處理，“今天以前我有兩個父親，今天以後我是孤兒。”所以，陳凱歌所謂的“屠岸賈、程嬰不過都是人”，大家都是“殺來殺去”，其實也算老調重彈，就是他彈得低級些。

不過呢，陳大師用“常識”講給我們聽的故事，老百姓顯然不買賬，二〇一〇版《趙氏孤兒》，在任何意義上，都很灰色。

然後，我們迎來了二〇一三版《趙氏孤兒案》，這部連續劇是當下的收視明星，在媒體製造了很多話題，各種好評。不過，看到現在，我的感覺是，編導很玲瓏，既想借重《趙氏孤兒》的傳統能量籠絡中老年觀眾，又想附和新世紀開出的“人性”“常識”挑逗新人類。所以呢，程嬰作為正劇主人公撼天動地救孤捽孤，義字當頭，他不含糊；但在程嬰救孤之前，趙朔和韓厥、公孫杵臼之間已經有冗長的前戲非常摩登地辨析了“忠”和“義”，基本上，通過把“忠”和“義”拉到個人形象平台，比如讓忠義偶像趙朔擔心“如果我不救程嬰，別人會怎麼看我”，編導非常曖昧地塗改了“忠義”的古典價值。“義”成了票房，“忠”就是水漂。與此同時，晉景公又是尖嘴猴腮目光短淺，莊姬公主更是只顧形象還有腦殘傾向，不向屠岸賈復仇，心心念念就是要除掉程嬰，相比之下，屠岸賈對程嬰真是不錯啊，幾次救命之恩不說，還有一片柔情只有程嬰能懂，搞得無數網友在論壇上歡呼：讓屠叔和程叔在一起吧！

歡呼會有響應，接下來的劇集，我相信屠叔會越來越可愛，觀眾會越來越喜歡傳統中的這個大奸臣大惡人，這樣，當最後的報應降臨時，觀眾會閉上眼睛，為程嬰還是為屠岸賈，只有天知道。

“趙氏孤兒”從《左傳》《史記》走到元雜劇，再一路走到今天，我想，壞人屠岸賈一定最喜歡我們今天的版本。

第五輯

我們見過你咪咪

今年奧斯卡頒獎典禮紅了，不是因為李安，不是因為林肯，是主持人麥克法蘭演唱的超賤開場曲，《我們見過你咪咪》。

“梅麗史翠普，《施活的遭遇》(*Silkwood*)裏我們見過你咪咪；娜奧米沃茨(Naomie Harris)，《失憶大道》裏我們見過你咪咪；安祖蓮娜祖莉，《霓裳情挑》裏我們見過你咪咪……”帥哥才子麥克法蘭把一線女星一路盤點下來，直到琦溫絲莉，“《罪孽天使》裏，《無名的裘德》裏，我們見過你咪咪，《哈姆雷特》還有《鐵達尼號》還有《愛麗絲的情書》，我們見過你咪咪，再加《隔牆有心人》還有《讀愛》，我們見過見過見過你咪咪！”

“我們見過你咪咪！我們見過你咪咪！”此歌最後以排山倒海的合唱結束，不聽歌詞，會以為他們唱的是國際歌。

用三俗的方式開出雄偉的場面，這個，就是好萊塢的千金方，本年度最佳影片《逃離德黑蘭》(*Argo*)玩的也是這個小魔術。

《逃離德黑蘭》是一部典型的美式愛國主義教育片，情節可以用一句話交代：為了救出被困在伊朗的六個美國人，CIA特工以電影的名義到伊朗看外景，最後成功把“六人攝製組”帶離伊朗。這個故事源於克林頓時代才公開的一份絕密檔案，電影的政治背景很重要，但是導演只輕描淡寫地告訴我們，因為石油利益，數十年來，美國一直是伊朗國王巴列維的支持者，但是巴列維奢侈的西化生活方式終於引爆了伊朗革命，一九七九年，他流亡國外並最終在美國躲了起來。伊朗革命者很憤怒，他們要求美國遣返巴列維，同時，洶湧的革命者在CIA能作出反應前就把美國大使館給攻克了，他們拿下五十個人質。期間，有六個使館人員逃出，避難在加拿大使館。CIA預測，如果這六個人落到伊朗革命者手中，一定會被當街處死，相反，被扣留在使館裏的五十個人質則會相對安全，因為他們在國際社會的焦點裏。

理論上說，這是一部高度政治化的電影，因為美國在伊朗扮演的角色很見不得人，包括五十個人質在444天後釋放，恰是列根上任總統第一天，中間得發生多少上不了枱面的政治談判和交易！不過，我們在《德黑蘭》中看不到這種灰色的國際政治。

那麼，我們能看到什麼呢？

我們能看到的，就是用最三俗的方式炮製的好萊塢愛國英雄和熱愛好萊塢的伊朗革命軍，其中，導演用得最多的電影手法就是格里菲斯一百年前開創的“最後一分鐘營救”。電影的三次小高潮全部靠這種“一分鐘”掀動，而這三個小高潮幾乎出現在所有的好萊塢爛片裏，類似我們在好萊塢文藝片中，總會看到咪咪。

《德黑蘭》中的第一場“好萊塢咪咪”發生在特工門德斯跟六個人匯合接洽好之後，突然接到上級通知，取消行動。這種橋段我們在《24》中無數次看到過，毫無懸念地，政治檢討很快過渡到個人英雄上，門德斯經過一夜思考，拿起電話跟上司説，他準備獨自完成任務，然後把電話掛了。

七個人出發往機場，機場這段“露點”比較密集，不過因為這種露法我們也太太太熟悉了，所以辦理登機時，機票一秒鐘工夫從“取消”變成“OK”，我們不緊張；入關三道口，入境官多問幾句，我們不緊張，革命軍把他們七個人請進小房間，仔細盤完我們也不緊張，緊張個屁啊！伊朗的年輕革命者肯定會被好萊塢的科幻大片廣告給吸引，這不，他們拿着門德斯送給他們的電影板，成了好萊塢的小粉絲。

最後的高潮最弱智，七個人登機後，革命軍接到報告，他們瘋狂地開着車拿着槍去追飛機……

所有這些高潮，沒有一個曾經發生在歷史現場，因此，伊朗抗議説，這是中情局的廣告，我覺得有道理；而且，即便把這次逃離看成一次勝利大逃亡，加拿大的主體作用也在影片中被大大弱化。

《德黑蘭》從現實議題出發，最終淪為一個爛片敘事，好萊塢那樣人才輩出的地方，要把本片處理得更犀利些完全做得到，不過，最後這個最佳影片由美國第一夫人來揭曉，我想，這部最佳影片大概也多少包含了一些好萊塢和白宮的生意，就像很多觀眾為電影中加拿大的“國際主義”情懷所感動，但是，不能忘了，美加好基友，中間有多少眉來眼去，是我們普通人看不到的。

當然，對於我們普通人，看到點咪咪，也可以做夢了。

邦女郎

007系列五十週年之際推出的《智破天空城》(*Skyfall*)，自上映以來，丹尼爾克雷格扮演的黃牌特工不斷地被各種媒介評為“五十歲占士邦最不像007”。這個評價主要來自兩方面，一是今年的007不挺括，二是今年的邦女郎不提神。

二〇〇六年，丹尼爾克雷格在《智破皇家賭場》中第一次出演第六代占士邦時，其實就改寫了占士邦的歷史。原來那個打架都很優雅的間諜007終於成了需要進行肉搏戰的特工占士邦，而且，從來聲色不動的007也在新世紀動上了感情。好在，六年前的邦女郎依然有膽有色，六年前的007也渾身是勁。

但是《智破天空城》裏的邦女郎在哪裏呢？做幾個引體向上就氣喘吁吁的男人還是占士邦嗎？看完《智破天空城》，我也很疑惑，五十年來，占士邦的經典配備即便時有落差，但是占士邦總是永遠的年富力強邦女郎是永遠的金剛芭比。可《智破天空城》裏有什麼呢？可憐的克雷格和他的前輩太不是一個媽生的了，他沒有可以洞悉一切的眼鏡，沒有可以變成潛水艇的汽車，沒有萬能的手錶沒有救急的降落傘，沒有這些，也就算了，最可怕的是，我們這個時代的占士邦是真的老了，不僅沒通過英國特工的體能測試，而且意識不到自己沒通過。

占士邦沒通過體能測試，但是上級M夫人還是讓他出發了，出發以後也有漂亮女同事幫忙，但女同事很快撤了。後來占士邦倒也遇到美麗的黑幫女人，但是這個黑幫女人純粹打醬油，很科幻地跟占士邦洗了個澡以後就被黑幫自己幹掉了。所以，網上很多人呻吟：邦女郎在哪裏？

《智破天空城》殺到最後，M夫人死在占士邦懷裏，遲鈍的我才突然醒悟，八十歲的朱迪丹奇才是最後的唯一的永遠的邦女郎。

影片開始，007在執行任務的時候和敵人扭成一團，最後關頭，女同事請示M，是否開槍？雖然誤殺007的幾率很高，但M還是命令，開槍。這一槍打中了007，傷的是身體，流的是眼淚。所以他復原以後回到軍情六處，在做詞彙聯想測試的時候，心理分析師說“M”，占士邦馬上接了一個“Bitch”。

但是這個“Bitch”絕對是有愛的，M夫人在占士邦幼年失怙的情況下把他帶走，他們彼此抵押了母子感情和男女感情(這也解釋了為什麼占士邦對年輕女郎都不能動情)，所以想置M夫人於死地的伏地魔幾乎就是占士邦的黑暗面。當女蜂王選擇犧牲兒子保全屬地的時候，占士邦選擇了繼續忠誠，但他叫她"Bitch"；而伏地魔選擇了報仇，一邊卻深情地叫她"媽媽"。三人之間的哀怨癡纏應該是導演門德斯玩的文藝腔吧，就像聽證會上的 M，明知伏地魔就要來取她性命，卻要從容地把丁尼生的詩歌背誦——

> 雖然我們不像從前有力，也非往昔可以移天動地，
> 但我們仍然是我們，英雄的心
> 儘管被時間消磨，被命運削弱，
> 我們的意志堅強如故，堅持着……

丁尼生的這首詩，戲中可算面臨被下崗的M夫人的自況，戲外，則是半個世紀以來的占士邦電影的新宣言。

但我仍有英雄膽，還要繼續去遠方！口吟丁尼生的M夫人，在那一刻，成為《智破天空城》的絕對主人公，她是頭號邦女郎，甚至，她就是占士邦本身，因為無論是正面的007，還是反面的伏地魔，都因她而生，都把最深刻的感情維繫在她身上。

占士邦五十年，門德斯既揭曉了占士邦的身世，也揭

曉了排名第一的邦女郎，這是什麼意思呢？我想，一方面，很簡單，這是世界風尚，美女帥哥的組合已經 OUT 了，還有什麼比媽媽 Bitch 和中年占士邦更賣萌賣腐的搭配？另外一方面，我想，這恐怕是英國的一次電影簽名，五十年了，世界人民還知道占士邦的出身嗎？這些年，英國有過沒有被好萊塢插足的電影嗎？所以，M、占士邦和伏地魔最後回到蘇格蘭，完全是一次象徵性行為。

占士邦回家了，邦女郎死了，這會是英國對007最後一次的認領嗎？

離，還是不離

今年奧斯卡老人當道，梅麗史翠普獎牌拿到手軟，連她自己都説，聽到我的名字，半個美國在説不。《鐵娘子》真是讓人説“不”的電影，不過也由此可見梅麗史翠普在奧斯卡的根有多深。

相比《鐵娘子》，《伊朗式分居》(*A Separation*)(又譯《納德和西敏：一次離別》)拿下奧斯卡最佳外語片獎，沒有一個人説“不”。這部伊朗電影不僅刷新中東電影地平線，而且刷新小製作電影的視野。

《伊朗式分居》的故事不複雜，牽扯出的話題卻既國家又家國，宗教、法律、階級和人情，在年輕導演法哈蒂的鏡頭裏，通過一個中產家庭和他們僱用的護工家庭，紀錄片一樣展開。電影開首，西敏和納德面朝鏡頭對法官，或者説觀眾，陳述他們的離婚理由。西敏為了女兒有一個更好的未來，希望一家三口移居國外，護照簽證都已齊備，但納德不想走，因為不能丟下老年癡呆的父親。

離婚沒成，西敏回娘家，納德要工作，只好聘請護工瑞茨照顧父親。一天，納德提前回家，發現瑞茨不在，父親卻被綁在床上。憤怒之下，納德在瑞茨回來後，馬上辭退了她，並且把她推出了家門。沒想到的是，當天瑞茨就流產了，不久納德被告上法庭。事情的真相有些出人意料，法哈蒂做得最好的地方是，影片中的所有人物，都盡量客觀地得到了表現。

納德工作繁忙，妻子走後，沉重的家務落在他一個人身上，父親已經不會説話不認識自己，給父親洗澡的時候，納德情不自禁哭了。這種時刻，觀眾很同情主人公納德。但是，面臨指控，納德對法庭撒了謊，説他不知道護工懷孕。納德的謊言，有非常合乎人情的理由——一旦納德坐牢，父親和女兒誰來管呢，但最後卻導向了瑞茨家的悲劇。

瑞茨，整個故事中最值得同情的人物，更令人不勝欷歔。瑞茨瞞着負債的丈夫出來做護工，老人小便失禁，她還要打電話問："如果我幫他換褲子，算不算違背教義？"為了獲得賠償，她指認納德的粗暴導致了流產，但真相是，在急急忙忙尋找走失的納德父親時，她讓汽車給撞了。最後，納德同意賠償，但要她對着《可蘭經》起誓她沒撒謊。瑞茨崩潰了，她的丈夫也崩潰，她的小女兒像《霧中風景》中的孩子一樣，在母親淒厲的哭聲中，一步邁出童年。

相似的，納德的妻子和瑞茨的丈夫，也各有各的委屈、心酸、不捨和自私，法哈蒂既不讚美他們，也不批評他們，而通過兩家六口組織起來的故事網絡則全方位地折射了一個現代伊朗的社會生態。

上世紀九十年代，通過阿巴斯的《櫻桃的滋味》和馬吉蒂的《小鞋子》(也譯《天堂孩子》)，伊朗電影一度成為小資熱選，因為它們足夠清新也足夠異域，但與此同時，就像《紅高粱》會讓外國人跑到中國大吃一驚，熟悉阿巴斯的觀眾看到《伊朗式分居》也會叫一聲，哇塞，原來伊朗這樣的！所以，雖然《伊朗式分居》這樣的題材在任何一個成熟的國家電影中，都能找到更好的表達，但這部基本靠手動攝像機拍攝的小製作卻歷史性地把伊朗社會的當代議題推到了影像第一排：從薩珊王朝時期開始的階級分野，在今天，變得更加錯綜複雜了。

法哈蒂給這部電影加了一個副標題，叫《一次離別》，這個離別已經被網友解讀出了無數含義，小到夫妻，大到國家，再發揮也基本沒有餘地。不過，基於對奧斯卡歷史的警惕，讓人略略擔心這次的奧斯卡最佳外語片會給法哈蒂本人帶來一點離情別緒，而且已經有伊朗媒體就“好萊塢的腐蝕”對法哈蒂提出了警告。我想，這個擔心也不是沒有道理，法哈蒂帶着到處走的，是電影中的中產夫妻，而不是瑞茨一家，而且，電影中的納德和西敏，在容貌上也更佔優勢。

離，還是不離，這會是個問題。

不過，來自伊朗的法哈蒂會警惕奧斯卡的吧，除了梅麗史翠普這樣的老江湖，奧斯卡人常常就被奧斯卡滅了的。而法哈蒂有一段講話讓我對他特別有好感，他說，不要把什麼都推到國家審查制度上，不要把什麼都推到資金頭上！尊敬的有關方面，能請他來中國給咱們導演上上課嗎？三十萬美元也可以拍《十三釵》啊。

費城故事多

外語頻道深夜放《費城故事》(*The Philadelphia Story*)，雖然這個電影在黃金時代好萊塢中算不上名片，但是三個超一流明星的排場，還是留住了像我這樣無聊的人。

故事開篇，富家千金嘉芙蓮協賓把加利格蘭特的幾樣東西扔到門口，這個情節，擱《雷雨》裏，就是周樸園把繁漪趕出家門，不過，性別不同，故事大不同。《費城故事》一度名列全美喜劇Top 5，這喜感，就因為扮演“傲慢”的是上流社會凱薩琳，扮演“偏見”的是平民記者詹姆斯史都華(James Stewart)。

真是喜歡史都華，不僅搶走包括格蘭特在內的另外兩位男主角的風頭，而且微妙地平衡了協賓的話劇腔。協賓周圍三個男人，前夫格蘭特，未婚夫約翰霍華德，記者史都華，在大小姐的婚禮前夕聚集一堂。按照經典的“傲慢”與“偏見”的套路，協賓既然對看上去更嫩的史都華下了手，一個晚上也讓史都華飛了魂散了魄，最後就應該毅然逃婚，踢開階層偏見，和史都華私奔。可是結果，協賓雖然踢開了未婚夫，卻也放棄了史都華，一個後空翻，在電影結束前回到前夫格蘭特的懷抱。俗套倒是不落了，可是協賓配格蘭特，這兩人有化學反應嗎？

協賓呢，本來就屬於不容易在銀幕上增加濕度的女演員，格蘭特呢，又不是會迎難而上的那種，電影兩個多小時，協賓和格蘭特之間，除了俏皮話麻辣話不斷，根本就沒有能讓觀眾心旌動搖的眼神，到最後兩人重婚，觀眾看看，總覺得兄妹復合。所以，這個今天來看似乎還很有深意的結尾，在好萊塢的秩序裏，更像是誰更大牌誰笑到最後。

說到這個影像秩序，道理當然有，不過常常也嚴重干擾我們的觀影樂趣。比如看武俠片，開幕兩男人刀光劍影一場惡鬥，一個李連杰，一個王連杰，你說我們用得着緊張嗎？因此，這個影像秩序，就像上流社會的邏輯一樣勢利又坦白，後來，《費城故事》更是直接被翻拍成《上流社會》。

四十年代的《費城故事》變成五十年代的《上流社會》，九十年代，好萊塢又拍過一部《費城故事》(*Philadelphia*)，曾經在中國引起很多熱議，因為講的是同性戀律師的法庭維權。

兩個《費城故事》，間隔半個世紀，本來沒什麼關係，不過，二十一世紀重新來看，突然覺得，協賓、格蘭特和史都華三個人，這場跨世紀三角戀，如果今天再給他們一個選擇，格蘭特和史都華有沒有可能拋下協賓去雙飛？你看電影中，史都華晚上跑到格蘭特的家裏，史都華醉醺醺，格蘭特穿睡衣，但兩人動作，都多麼家常，這樣的語速和動作，一旦協賓加入，就消失了。

這麼說，顯得很有腐朽的傾向，不過，因為“Philadelphia”這個城市名字本身就有“兄弟愛”的意思，再加上湯漢斯(Tom Hanks)在九十年代《費城故事》中的傳銷，所以，我們似乎也有一些理由來疑心一下，七十年前的這部《費城故事》，是不是題目本身就暗示了點什麼？

寫到這裏，我自己也覺得，想到這條道上，是因為在等待新一季的《新福爾摩斯》過程中，福爾摩斯和小華生太讓人牽掛了。

賣書不會傷害任何人

去年歲末，莎士比亞書店主人喬治惠特曼(George Whitman 1913–2011)過世。聽說過這個書店很久了，但從來沒有去過，便隨手拿出《日落之前》懷想一番，因為這部電影就從莎士比亞書店開場。

《日落之前》是《日出之前》的續篇，兩部電影雖間隔九年，第一部積累的好評卻新鮮地保存到第二部，搞得很長一段時間，「日落」「日出」成了這兩部電影的專指。不過，也許是我看《日出之前》的時候，早過了故事主人公的年齡，對這部電影，沒甚麼化學反應。

美國男孩 Jesse 和法國女孩 Celine 在火車上相遇，一對二十出頭的學生輕鬆擦出火花。萍水相逢的兩人，在維也納共度了一個露天黃昏和夜晚，為了不落俗套，他們分手時沒有互留任何聯繫方式，只約好六個月後在離別的火車站再聚。整部影片就一個動作：聊。兩人告別，沒得聊了，電影結束，恰是日出之前。

聊是法式文藝電影的傳統，最經典的就是伊力盧馬(Éric Rohmer)的《慕德家一夜》(*My Night at Maud's*)。年輕的時候，看到這樣有氣質的電影，只動口不動手，膜拜得五體投地。也是因為這個緣故，覺得文藝電影要比普通電影好，因為前者像君子，後者近小人。不過，等到年紀大些，見識廣些，多少也發現，此類「聊」片，就口和手的動作比例來說，恰好跟黃片成反比，所以，文藝青年變成二逼青年，最後又變回普通青年，也就是個閱歷和年齡的問題。

從《日出之前》到《日落之前》，Jesse 和 Celine 九年後重逢，Celine 因為當年無法赴約，兩人故事就卡在維也納的那個清晨，之後各自前程。Jesse 結婚生子，Celine 也多次戀愛。真實人生切入文藝人生，電影似乎要把文藝青年變回普通青年，不過，我們很快看出，美國導演林克萊特只是虛晃一槍，兩人在談過一番大文藝環保、政治和現實後，馬上就避入了小文藝溫暖、曖昧又撩人的港口，用本地話說，他們最終的話題還就是：儂剛儂剛，為甚麼儂屏不老結婚了！

我知道，Jesse 和 Celine 的小清新戀情被上海話這麼一通俗，簡直是豬油年糕替換了黑白松露，不過，我不是要在這兒糟蹋《日出》《日落》，說實在，《日落》看到最後，Jesse 拋開日落前要飛回美國的航班，在 Celine 的歌聲裏踢開愛情的大限，令人覺得美國導演真是比法國導演愛觀眾，奶奶，九年了，給他們一次機會吧！

不說《日出》《日落》，我要說的是喬治惠特曼。喬治惠特曼出身於美國的中產家庭，少年時代就遊歷世界，哈佛大學讀過書，格陵蘭島服過役，巴拿馬墨西哥一路冒險，一九四七年來到巴黎。到巴黎，他過的是典型的波希米亞生活，穿梭文學沙龍，結交各國藝友，和王子午餐，和歌女約會，寫徐志摩兮兮的詩，做海明威兮兮的夢，與此同時，他又始終堅稱自己是社會主義者，痛恨資本主義制度。

到巴黎沒多久，喬治惠特曼遇到勞倫斯費林蓋蒂，書業史上，兩人的這次會面至關重要，因為其結果是，費林蓋蒂在舊金山創立了「城市之光」書店，惠特曼在巴黎開了 Le Mistral。一九六四年，惠特曼徵得已經歇業的莎士比亞書店店主的同意，將自己的書店更名為二三十年代聲名赫赫的莎士比亞書店，同時，惠特曼也繼承了莎士比亞書店的一些傳統，比如，書店即沙龍，當然，惠特曼很快就把沙龍概念擴大了，書店即旅店，有文學前途的作家就有免費駐店資格。後來，惠特曼的書店最後成為巴黎一景，成為全球青年的朝聖之地，「旅店」的意味強過了「書店」。

從五十年代到今天，小書店能經營到今天，惠特曼的商業才能絕對是可以的，關於這個，老惠特曼的理論是，在他所期待的革命到來之前，他被迫住在一個資本主義社會裏，因此只好以最不傷大雅的方式來參與其經濟，而在所有的經濟形式中，「賣書不會傷害任何人！」

我不清楚這個調門是否有花俏的成份，只是覺得惠特曼的社會主義理論太有噱頭了，或者說，太波希米亞腔了，尤其是，老惠特曼跟店內女文青的那些羅曼史，跟駐店男文青的那些小哀怨，既革命又小資。情形呢，有些像《日出》《日落》，談啊談，談啊談，所有的話語最後卻被慾望收編！當然，這個不是說惠特曼是偽社會主義者，只是覺得，這個老頭太能幹了，右手拉攏着全球文藝人口，左手撩撥着世界革命青年。

相　遇

曾經給黑澤明做過助理導演的野村芳太郎先生說，“對於黑澤先生而言，橋本忍是不該遇到的人。”橋本忍是黑澤最重要的幾部作品像《羅生門》《生之欲》《七武士》的編劇。

如果沒有遇到橋本忍，黑澤明會是什麼樣呢？野村認為，他即便純粹追求電影的趣味性，也會成為融比利懷爾德(Billy Wilder)和威廉惠勒(William Wyler)於一身的大家，世界電影的王者。但是黑澤明遇到了橋本忍，他的電影就被注入了思想、哲學和社會性元素，而且這些嚴肅元素後來成了黑澤明的“腳鐐”。

在回顧李安電影時，不知為什麼，我一直會想到野村導演的這句話，“橋本忍是不該遇到的人。”

在眼下的電影世界裏，李安是唯一全球通吃的華人導演。提到《臥虎藏龍》《斷背山》《色戒》《少年Pi的奇幻漂流》，寫影評的都會感覺很輕鬆，因為不用費口舌去介紹背景和情節，尤其不少電影題目，日積月累中，已經成了日常詞彙，“搞斷背山嗎？”“你少年Pi啊！”這是李安的魅力，所以接受央視記者訪談，他既低調又傲嬌地說，即便接下來十年拍的是爛片，他也不愁沒投資。

他這輩子都不用愁投資了。就是全世界去排名，一線導演中，李安也絕對是多面手中的TOP 10。華語西語不用說了，他穿越其間，既能改編奧斯丁，也能詮釋張愛玲，而且，在電影題材和形式上，他的聲部也是最遼闊的，從武俠到言情，從家庭到奇幻，從平面到3D，上天入地，東縱西橫，李安什麼類型都敢碰，什麼電影都敢拍，《少年Pi》是例子，電影界公認的"不可能完成的任務"，李安漂亮拿下。他的電影能力全世界觀眾都看到了，好萊塢也幾次為他起立鼓掌，他是毋庸置疑當之無愧的金牌大導演。

而我疑惑的是，李安為什麼要去碰這麼多類型這麼多題材？對於一個有文藝理想的導演而言，即便不是一輩子拍一部電影，像小津安二郎、費裏尼那樣，似乎也很少像李安這樣四面出擊要證明自己十項全能的。他拍《理智與情感》我能理解，拍《色戒》更能理解，可為什麼要拍武俠拍科幻？為什麼拍《綠巨人》？

當然，一個方便的回答是，李安的十四部影片，無論是《臥虎藏龍》《色戒》《綠巨人》，還是《少年Pi》，都是在探討人性。你看，綠巨人的眼神多麼憂鬱，你看過這麼文縐縐的科幻片嗎？我看過不少李安訪談，好像李安自己也從來沒有反對過貼在他身上的標籤：一個孜孜探討人性的導演。

可是，“孜孜探討人性的導演”，這種標籤是多麼大而無當，它用在李安身上合適，用在張藝謀身上也合適。《英雄》不討論人性嗎？《滿城盡帶黃金甲》不討論人性嗎？從《紅高粱》到《大紅燈籠高高掛》到《金陵十三釵》，張藝謀探討人性不孜孜嗎？所以，用人性去統攝李安的電影，我覺得，沒有什麼解釋力，雖然像《色戒》和《少年Pi》對人性和信仰的討論都別具功力。換言之，這幾部電影觸及的人性和信仰問題再深再深，在同類題材中，不算艱深，反而，在李安的各種訪談裏，讓觀眾印象深的，一直是拍這些電影的“天路歷程”，一種讓普通人可以一千次一萬遍放棄的活，李安挺過來了。而幾乎，在所有的評論文章中，談到李安的這種非人的毅力，都要提到他靠妻子養的那段歲月，用李安自己的話說，那六七年，換做其他男人，早自殺了。

所以，如果用最機械最庸俗的傳記方式來理解李安的多面手，我們是不是可以說，他不斷向自己挑戰，不斷給自己設置新的難題，拍好文藝片拍商業片，玩過武俠再玩科幻，最後，孩子，老虎，3D整一起，理論上，他在試探電影的可能性，骨子裏，他在向過去那段不堪回首的宅男歲月復仇：看吧，只要我願意，我能做任何電影！

這麼説，其實是因為我很喜歡李安早期的父親三部曲，《推手》(1992)，《喜宴》(1993)和《飲食男女》(1994)。這三部投資很小的電影，不像他後來的電影，具有比較大的情節和比較多的轉折，三部影片處理的都是家庭內部矛盾，父子或父女，但是情感焦點一直在父親身上，隨着家庭像筵席一樣散去，我們在李安的電影中感受到昔日情感方式的退場，一種真正的衰落，一種真正的時間感。《喜宴》中，李安幾次將鏡頭凝聚在沉睡的父親身上，曾經叱吒風雲的老師長在歲月中交出了力氣，郎雄的樣子令人想到電影史上的很多父親。這讓我們真心激動，覺得李安有可能也成為小津那樣的導演，就像他的名字一樣，“安”於用“一部電影”窮盡一生。

可是，李安遇到了越來越多的機會，越來越大的投資，他的電影製作也從“家人上場”轉成“數百名藝術家共同製造一隻虛擬老虎”的規模，而他本人的電影經歷，在反反復複的講述中，也完完全全成了一出文藝青年的勵志劇，所謂“吃得苦中苦，方為人上人”。

因此，在思考李安的電影生涯時，我一直在想，巨大的投資到底是“解放”，還是“鐐銬”，或者說，李安告別父親三部曲，是“更上一層樓”，還是“揮手自茲去”？想不明白的時候，常常就會想到黑澤明遇到橋本忍。

加藤正人認為，野村說“黑澤明不該遇到橋本忍”，是一種“明貶暗褒”的說法，大意是，如果沒有橋本忍，黑澤明最剛強的那一部分出不來。用這種眼光重新去看李安，我想這麼說服自己：雖然李安遇到了我們這個時代最剛強的現實主義，最剛強的“橋本忍”——無限的投資，但最好的李安可能既不在父親三部曲，也不在《色戒》或《少年Pi》，他和“橋本忍”，還在較量中。

蛇

十二生肖中，蛇的形象大概是最難討好的，很多屬蛇的也願意說自己屬小龍，不過，在文學藝術中，蛇是當之無愧的形象大師。

一九七三年，法國拍過一部著名的間諜電影叫《蛇》(*Le Serpent*)，上海電影譯製片廠引進的，豪華的演員陣容當年我們還不懂欣賞，但邱岳峰、童自榮、劉廣寧、畢克等一線配音演員的聲音就已經是品質保證。

電影以《孫子兵法》的名言開場，"故明君賢將，所以動以勝人，成功出於眾者，先知也"，這句引文對這部電影來說蠻貼切的，不過，我也有點疑心當年電影局引進這部電影是被開頭的這句孫子兵法給迷惑了，因為就影片的立場來看，即便不是"反動"，也是"問題大大的"。故事的背景是冷戰的冰點時期，巴黎機場，蘇聯駐法國參贊弗拉索夫上校在飛機起飛前，突然提出政治避難的請求，而且要求趕快送他去美國大使館。法國情報局想跟他掏點情報，一無所獲，局長貝爾東因此感慨，"法國根本沒有本錢收買叛國者。"

有本錢的是美國，弗拉索夫很快被送往華盛頓中央情報局，經過測謊儀等等反復考問，中情局長戴維斯終於相信弗拉索夫的“投誠”，而英國情報部的二號人物菲力浦貝爾也確認了弗拉索夫的“歷史”。這樣，弗拉索夫開始為中情局效勞，向戴維斯提供了北約組織最高機構裏一大批蘇聯間諜名單。

弗拉索夫的名單就是死亡密令，北約高層不斷有人中彈，最後，連法國情報局長貝爾東也出現在名單上。戴維斯開始感覺有點不妙，他趕去倫敦和貝爾見面，而且故意放出了兩個姓氏。

百轉千回，事情的真相是，這是弗拉索夫和貝爾聯手策劃的一起有史以來最大規模的破壞活動，十一個北約高層情報官員已經相繼死亡，最後，貝爾逃往蘇聯，弗拉索夫被識破。

按題意，貝爾和弗拉索夫就是電影中的“蛇”。每次，情報官員“被自殺”時，觀眾會看到，在現場不遠處，有一雙帶黑手套的手從一隻金屬煙盒中抽出一根香煙，煙盒上的圖案是一條眼鏡蛇。那是貝爾。

相比弗拉索夫，貝爾的形象設置更黑色一些，這可能是因為弗拉索夫本就來自敵對陣營，而貝爾屬於“內奸”。而這批“內奸”，就我們的意識形態而言，是應該得到歌頌的，因為電影原型是一幫追隨馬克思主義的劍橋高材生，他們加入英國情報局為蘇聯效勞，完全出於對共產主義的熱烈信仰。當然，物換星移，這些"內奸"，上世紀八十年代以來，即便在歐美的影視中，形象也越來越立體。六十年代，美國拍過同類題材《滿洲候選人》(*The Manchurian Candidate* 1962)，被策反的美國兵基本表現為洗腦的後果，到今天，像《諜網謎蹤》(*Tinker Tailor Soldier Spy* 2011)這樣的電影重現英國"圓場"的共產主義天才時，採用的已是悲劇詠嘆調，而且，被策反的間諜扮演者還是全英國最帥的"達西先生"科林費斯。科林費斯被同志的子彈擊中，我們聽不到子彈聲音，只無限惆悵地看他風中倒下。這種輓歌式表達，《蛇》可以算是一個起點。

《蛇》的結尾，是弗拉索夫被捕後半年，他被押到東西德交界處，作為籌碼換回美軍飛行員，這時候音樂響起，是無限淒婉無限抒情的《遙遠的歌》，Ennio Morricone 的配曲，音樂配上冷戰的鐵幕背景——東西德之間的吊橋，配上"光頭皇帝"扮演的弗拉索夫的莊嚴四方步，誰是正義誰是邪惡？誰是大象誰是蛇？

四十年前的"蛇"，到今天，其政治內涵已幾經更替，但是，這部諜戰經典在我看來倒是恰好地概括了蛇的藝術形象：它游走於兩個世界，但兩個世界都不能安放它的身心。弗拉索夫被交換回蘇聯，他最後的命運會是什麼，戴維斯和貝爾東的對話說得很明白，“他不會有好結果”。

這是蛇的宿命嗎？東方的蛇會同意西方的蛇，但與其說這是蛇的宿命，毋寧說它是蛇的選擇。徐克的《青蛇》(1993)在法國《蛇》之後二十年出場，兩部電影沒有一點可比性，一個是隱喻的蛇，一個是傳說的蛇；一個完全抽象，一個非常具象。但是，東西方對“蛇”的結構性把握卻顯示出微妙的對應。白蛇和青蛇連袂出場，就像弗拉索夫和貝爾的默契合作；白蛇和青蛇在人界和非人界兩個世界之間的穿越，也象徵了弗拉索夫和貝爾在冷戰兩大陣營之間的穿梭；而最重要的是，這兩部電影，里程碑式地同時批判了這兩個世界，也由此，確立了“蛇”的獨特美學形象。

《青蛇》中，許仙是凡人世界的代表，法海是非凡世界的代表，最後，青蛇殺了許仙，破了法海的修行，獨自離開。我想這是蛇的方式，我不求你理解，我行走在兩界，我誰也不討好，我承擔因果報。

這是蛇。所以，銀幕上的“蛇蠍美人”大多都名不副實，常常是徒有蛇的妖性，但沒有蛇的決斷，相比之下，團鬼六的情色電影《花與蛇》，雖然是用施虐受虐表現暴力和女性身體，對“蛇”的決絕倒有不錯的把握，不過團鬼六過於執著色情，慾望氾濫，亦遠離了“蛇”性。

蛇性到底是什麼？魯迅曾經在給許廣平的信中，說過這樣的話：“我對於名聲，地位，什麼都不要，只要梟蛇鬼怪夠了，對於這樣的，我就叫作‘朋友’。”這個“梟蛇鬼怪”，魯迅不是偶然提及，在《寫在〈墳〉後面》中，魯迅更加明確地說：“我有時也想就此驅除旁人，到那時還不唾棄我的，即使是梟蛇鬼怪，也是我的朋友，這才真是我的朋友。倘使並這個也沒有，則就是我一個人也行。”

這個“倘使並這個也沒有，則就是我一個人也行”，雖然是魯迅的自我體認，他自己一生亦如此踐行，但這句話卻也是對蛇性的最好概括，尤其，魯迅屬蛇。

電影《蛇》一開頭，弗拉索夫在機場尋求政治避難，他勸他太太也留下來，但是他夫人只用一秒鐘就回答他：“我回莫斯科。”弗拉索夫沒有多說一句，起身離開。電影從頭至尾，弗拉索夫一直聲色不動，一直到最後，弗拉索夫緩步走回社會主義陣營，音樂奪人心魂，但他的步子一點不亂。

這個，就是屬蛇的特別讓人敬畏的地方吧，也不知道是不是這個原因，歷史上，領袖屬蛇最多，比如，漢高祖屬蛇。毛主席屬蛇。

影像“地道戰”

上世紀六十年代，我們有一部非常著名的電影叫《地道戰》(1965)。我這個年紀的中國人，從小到大，在各種場合大概看過十來遍。影片的插曲雄壯簡單，大家都很喜歡唱：地道戰嘿地道戰，埋伏下神兵千百萬，嘿埋伏下神兵千百萬，千里大平原展開了游擊戰，村與村戶與戶地道連成片，侵略者他敢來，打得他魂飛膽也顫，侵略者他敢來，打得他人仰馬也翻……

歌曲唱的是我們對日本鬼子的勝利，不過，在冷戰時代，《地道戰》更多地鼓舞了我們戰勝資本主義英美世界的信心。我不知道英國人美國人有沒有可能看到《地道戰》，有意思的是，在我們的《地道戰》上映後不久，英國人以美國為背景，也拍了一部《地道戰》(*The Battle Beneath the Earth* 1967)。

這部以中美對抗為主題的電影，今天來看，要多荒謬有多荒謬。說它是科幻片呢，它似乎也現實；說它是間諜片呢，全程很卡通：中國紅軍利用新裝備，在美國各戰略城市的地下，開鑽了蛛網般的通道且安裝了原子彈，力圖一舉摧毀美國。然後，美國一邊派科學家一邊派海軍跟紅軍打起了地道戰……

也許是因為它過於雄奇的想像力吧，這部神劇當年就被英美評論界認為"過於亢奮""神志不清"。不過，今天，在英美世界刮起新一輪的"中國影像風"的時刻，回頭檢閱好萊塢一百年的"中國故事"，我倒覺得，這部《地道戰》可能要比《紫禁城》(*The Forbidden City* 1918)《北京55日》(*55 Days at Peking* 1963)這一類妖魔中國宮廷的西方電影更值得我們重溫，因為很顯然，冷戰時的"中國威脅"一路走到今天，在無論是美國還是歐洲影像中，都已經沒有一點科幻色彩。

這種台詞，這類劇情，這種意識形態，在我看來，就是西方世界跟我們玩的當代"地道戰"。

激動人心的美國反恐電視劇《24》(*24* Season 1–8，2001–2010)，拍到第四季，編導也讓超級無敵的包智傑和我們中國發生了關係。第二十集，CTU情報顯示，中國籍核武器專家 Lee 與中東恐怖分子偷竊的核彈有關係，於是包智傑就強行闖入中國駐美領事館去搶核武器專家，過程中領事館裏發生了槍戰，總領事被警衛誤殺，此事很快上升到外交衝突……

這是《24》中拍得很爛的一段，雖然中國領事館裏的中國官員不再像從前好萊塢影像中的華人那麼獐頭鼠目或者一幅貧賤邪惡樣，但是中國和中東的疑似聯繫，卻是新一輪的東方抹黑行動。而且，這輪抹黑顯然比他們半個世紀前的《地道戰》更有效，因為好萊塢今天的影像表達至少在表面上是“現實主義”的。以前好萊塢有兩個著名的華人形象，一個是傅滿洲博士，一個是偵探陳查理。前者殘暴詭詐，精通酷刑毒藥；後者雖然算是正面形象，但是外觀口音都足夠奇觀，再加上女裏女氣，所以無論反面正面，中國人形象都是被高度漫畫的，而恰恰因為是這種漫畫，就像我們自己當年在《林海雪原》裏塑造座山雕，這種非常態人物反而在觀眾那裏激起笑聲，而不能達到預期的反面效應。但現在不同了，像《疑犯追蹤》(*Person of Interest Season* 1–2，2011–2012)這類當紅電視劇，中間出現的華人混混形象，已經相當接“地氣”。一百年華人影像史做下來，好萊塢配合着華盛頓，很知道尺度的拿捏了。

不過，與此同時呢，影視產業又是高度商業化的，畢竟中國是最大的影像消費國，像《鐵達尼號》(*Titanic* 3D 2012)這種老電影變身3D版還能在中國橫掃九億票房，遠遠超過美國本土票房，好萊塢任何一家電影公司都不敢說他們不在乎。於是，《24》雖然兩次三番要和中國發生狀況，但每次都僅折騰一個過渡段落，即便包智傑被我們抓走，電視劇也很快一個跳躍，只說小強熬過神秘旅途，但不會具體去表現到底發生了什麼。就此而言，好萊塢那曲折的心腸也算史無前例，一邊不放過任何一個機會抹黑中國，一邊也不放過任何一個機會按摩中國。於是，好萊塢這些年的大片裏，中國景觀的呈現就顯得煞是微妙。湯告魯斯主演的《職業特工隊3》(*Mission: Impossible III* 2006)就是個典型例子。《職業特工隊3》中有一個"上海段落"，劇組一邊取景最繁華的新陸家嘴，一邊取景前現代的西塘古鎮，兩個地方都很好，中國人看着好親切，中國宣傳的話題也有了，但是你去問問美國人，他們會説，是啊是啊，上海和亞洲很多城市一樣，現代的現代，落後的落後。

這個，就是當代好萊塢關於中國或者説亞洲的經典敘事。如果你以為他們是想讚美我們的後現代景觀，要表現我們只此一家的中國風，那就錯了。摩天大樓在美國可以是發達的象徵，在亞洲就一定是原罪的代碼；前現代人群在歐洲是一種抒情，在中國就是貧富差距的表徵。《盜墓迷城3》(*The Mummy: Tomb of the Dragon Emperor* 2008)的汽車開入上海的十里洋場，《蝙蝠俠前傳2：黑暗騎士》(*The Dark Knight* 2008)空降到香港，雖然也算是好萊塢拋給中國觀眾的一個個媚眼，但是他們背過身，一定在跟美國媒體比劃着V字手。所以，不能光看好萊塢電影中出現唐人街，好萊塢影星身上紋了中國字，好萊塢請李連杰去打架，影像世界就刮中國風了，我們千萬不能忘了，好萊塢很知道我們吃哪一套。這個，早在七十多年前，《陳查理在上海》(*Charlie Chan in Shanghai* 1935)中就出現過這樣的台詞："東方人寧願丟掉性命，也不願丟掉面子。"半個多世紀前的電影《戰雲》(*Never So Few* 1959)中，美國人也借中國軍官的口說："這位美國軍官一定要為他的無禮指控道歉，假如不道歉，重慶方面就會大失面子。"世故的好萊塢比我們很多電影公司都更懂中國，尤其是從上個世紀中國經濟開始起飛後，好萊塢頻頻給我們派發的面子紅包，一會中國功夫，一會魔都帝都，搞得媒體跟着雀躍，"中國風！中國風！"叫成一團，但是，在所有這些即便是表現正面中國的電影中，到底有多少中國呢？

《功夫熊貓》(*Kung Fu Panda* 2008)很中國吧，"功夫"加"熊貓"，童叟無欺的中國關鍵字！可是，這個肉墩墩的熊貓阿寶是我們傳統中的功夫英雄嗎？絕對不是，他和怪物史力加一個媽生的，標準夢工場的線條：憨胖的人生被賦予完全超出他們能力的夢想和任務，然後，傻蛋遇天神，一路海選進玉皇殿，終於二貨修成擎天柱。這是什麼傳奇？標準的美國夢！標準的阿甘！事實上，不僅夢工場，這種阿甘故事也是整個西方世界最喜歡講的傳奇版本，用《熊貓》中的經典台詞來提綱挈領一下，就是：昨天是歷史，明天尚未知，但今天可以是份大禮。

而我們呢，真要認為《功夫熊貓》是好萊塢送給中國的大禮，那就是阿寶了。歐美世界令我們興奮莫名的花俏中國風，刮來刮去，骨子裏都是面子風。這就像"上海"這個詞，出現在數不清的歐美電影題目中，有時是動詞，有時是名詞，但是，它們中的大多數其實和上海沒關係，而那些有關係的，比如著名的《上海快車》(*Shanghai Express* 1932)、《上海手勢》(*Shanghai Gesture* 1941)、《上海來的女人》(*The Lady from Shanghai* 1948)等等，"上海"也永遠只是蒙在主人公臉上的那一層面紗，詮釋的是主人公性格裏的黑色。

所以，不要以為湯告魯斯在中餐廳吃飯就是對我中華美食的宣傳了，你沒看，轉眼一桌中國菜全部被打得七零八落？你也不要以為007抱住旗袍女郎就是對我中華錦衣的廣告，007馬上撩起旗袍拔出了她身上的槍！《2012》被我們很多媒體解讀為好萊塢對中國豎大拇指，這不，這麼多中國符號，中國官員、中國解放軍和美國人一起拯救人類，諾亞方舟上也寫着"中國製造"，可是，去看看美國影評，這個"Made in China"是正劇還是笑果？那句"黨和政府一定會幫助大家重建家園”為什麼要用漢語來廣播？

反正，我的建議是，面對好萊塢的媚眼和暗器，我們既不用太興奮也不用太緊張，說到底，真要打“地道戰”，咱的歷史經驗也夠用，只要我們不自作多情看到馬特達蒙穿中山裝就以為好萊塢愛中國了。